沒有神在的青春

Jugend ohne Gott

奧登・馮・霍爾瓦特（Ödön von Horváth）著

宋淑明 譯

作者照，攝於1919年。

各方推薦

•「真正的文學所具有的一切神秘特質和魅力！」

——克勞斯・曼（Klaus Mann）

•「一部傑作，一刀劃入當今的道德世界！」

——赫曼・赫塞（Hermann Hesse）

•「一所學校，或多或少有些殘酷的青年，相對來說這位較有良知的老師不得不一再否定自己，直到終於不能再如此」。

——阿弗雷德・德布林（Alfred Döblin）

●「書中作者透過一位學校教師的經歷，描繪一個人在面對與自身差異巨大的外在世界時的矛盾心理，既想要安全、又想要自由……在群、我的邊界上徘徊。」

——周惠民／政治大學歷史系兼任教授

●「早在電影《飢餓遊戲》出現之前，霍爾瓦特在八十五年前就已透過本書描述一個集體壓迫個人自由的世界，只是他的書寫更為深刻與驚悚。」

——耿一偉／台北藝術大學戲劇系兼任助理教授

●這是個每個人都在犯錯、或者都在犯罪的時代，作者鑄造了一個生動的詞：「魚的時代」，形容人失去了同感與熱情，只如同魚一樣，冷漠生存。

——蔡慶樺／作家

●「這部小說充滿了純真的正義感，不懈地探討人應該怎樣活著，即使再痛苦都不會放棄思考。我驚歎這種純真。」

——盧郁佳／作家

●「在一個集體說謊的時代，謊言，便是罪惡的母親。這部精采的犯罪小說之所以經典，就在於它之於任何被謊言統治的極權社會都適用。霍爾瓦特給我們看充滿陰霾的天空，卻也指出那一線善良的、誠實的希望，從混亂的青春氣息、以及無奈的成人世界之間，堅定地投射出來，給予我們勇氣與力量。」

——鴻鴻／詩人、導演

導讀

這樣的青春，等他長大就慘了

鄭芳雄

出生於匈牙利（屬奧匈帝國）的德語戲劇家兼小說家霍爾瓦特Ödön von Horváth（1902-1938），於臨終前撰寫小說《沒有神在的青春》（*Jugend ohne Gott,* 1937，直譯：沒有上帝的青少年），就文學性與教育意涵而言，可讀性比法國名著《最後的一課》（*La Dernière Classe,* 1873）還高。前者揭露納粹沙文主義煽動暴力與種族仇恨，造成一代邪惡的青少年的歷史背景。主題上彰顯人類社會對人性理想的訴求，超越後者狹隘愛國主義的舊觀念。對於時下好戰的野心政客，仍具振聾起聵的作用。

阿多諾批評德國戰後文學：「猶太大屠殺之後寫詩，是野蠻的」。而這部戰前小說《沒有神在的青春》寫在保羅・策蘭的〈死亡的賦格〉（Paul Celan: Todesfuge）之前，益顯悲壯淒麗。它像山雨欲來之前的一陣淒風，但仍吹不醒冥頑的人類。正如小說中引用諸多宗教雋語，預示國家邪惡秩序的敗亡：人有原罪，「任何事物必須為自己的生存這個罪孽，適時懺悔和被懲罰」。牧師又說：「上帝是世界上最可怕的……有時候國家秩序的崩潰甚至是上帝所要的」。書中的神或上帝代表真理和懲罰的力量，在善人身上（老師和夏娃）形成內在的聲音，逼得說出真相而獲得心靈上的解脫；對惡人（學生N和T）則形成一股懲罰力，逼他們走向死亡。

全書由四十四章緊湊連貫、情節感人的故事場景組成，由一位中學的地理、歷史老師敘述，語調幽默、反諷，夾雜大量自白與對話。從第一章老師在地理作文課堂，因糾正學生詆毀黑人的言論，指出「黑人也是人」的人道立場，而引起14歲的學生全班聯名抗議：老師的「不當言論」違背官方廣播的宣導，甚至被家長指控「危害祖國」開始，到最後一章老師說出真相，釐清案情後，不得不離開德國與不可受教的小孩，到非洲黑人的國度，去實現他的人性教育使命為止，描繪第三帝國時代德國社會和學校教育黑暗的一面。

故事結尾是個隱喻，反映作者的自白：「我用德語寫作，所以屬於德國文化圈、德國人民。然而：沾染國家主義色彩的「祖國」概念，對我很陌生：我沒有家鄉，當然也不感到無家的痛苦，反而安然於我的無家可歸，因為它讓我擺脫沒有必要的傷感。」只要有一顆赤子之心，人人皆可打破國與家的框架。處處為家。這是小說中所標示的人類的理想（Ideale der Menschheit）。然而此理想，以及「《關於人類生命的尊嚴》（Über die Würde des menschlichen Lebens）之類的讀物」，均被「嚴格禁止」。情節影射作者自身的遭遇：一九三三年希特勒奪取政權後，Horváth大量著作也被列為禁書。

作者書寫動機，出於軍國主義威脅下的社會危機感。詩人以全民導師自居，以34之齡，形塑一個34歲的中學老師的自喻角度，觀察、揭露這集體的罪惡，包括老師自身剛開始為了保有教職和退休金而不敢說出真相的內疚，隱含作者自責於一九三四年溜回德國加入「國家作家協會」（Reichsverband deutscher Schriftsteller），後因被翻出他的作品（如戲劇《斯拉德克，黑色的國防軍》*Sladek, der schwarze Reichswehrmann*, 1927）有反軍國主義的思維，被除名並於一九三六年驅逐出境。

杜撰的故事貼近日常事物，是基於作者生活在戰前動盪不安的威瑪共和國的活生生的經驗和敏銳的社會觀察，有別於伯爾（Böll）、葛拉斯回憶式的戰後文學、尤其後者為了掩蓋自己曾經幹過SS黨衛軍的罪行、用一大堆曖昧象徵物構設出來的幻想式傳記小說。讀Horáth的小說，如果能參照《但澤三部曲》（Die Danziger Trilogie，尤其《貓與鼠》*Katz und Maus*）或藍茨的《德語課》（*Deutschstunde*），將不難發現，同樣屬青少年「學校小說」（Schulroman），德國作家在處理「清算過去的歷史」的題材上，戰前與戰後文學彼此之間，實存有相當有趣互文互補關係。

書中分析當年納粹之手如何伸入校園，控制學生思想，透過廣播電台的蠱惑、洗腦，將14歲的無辜學童編入希特勒少年團（Hitlers Jugend，一九二二至一九四五），從小灌輸忠誠愛國、違反人倫道德的思想。像書中「我們為什麼需要殖民地」之類的作文題目，也須由督導單位指定，目的無非要學生引述電台所廣播的種族仇恨的謬論：「只要對我們親族有益，都是對的」，暗示學生，「只要是為了親族而做，任何事情，包括謀殺、搶劫、縱火、偽證，都不是罪行」。老師暗自咒罵這是「強盜觀點」，是社會的「毒瘤」。可是校長勸他，為了保住職位和退休金，必須遵照上面的指示：「貫徹精神教育，教導學生樂於參戰」。

在學校和家長的教唆下，學生喪失獨立思考和分辨是非善惡的能力，只盲目相信廣播的口號與謊言，不相信老師所認為神聖的東西。學生N不僅不屑於老師的人道思維，反而冷酷無情，視老師為「敗類」、「死敵」，他們寧願「戰死沙場，名字被刻在紀念碑上，這是他們青春的夢想」。老師愛莫能助，心想「等他長大就慘了！他一長大就會摧毀所有的事物，即使是你記憶中的廢墟」。在少年身上他已看到未來可怕的戰犯，預感世紀大屠殺的來臨。只恨自己「懦弱，沒有勇氣約束瘋狂邪惡的少年」。

故事的後半段情節轉入學生在野戰訓練營發生的偷竊、搶劫及兇殺事件，以及追捕、偵訊兇手的過程。這部分讀來像齣緊張的偵探劇，從整部小說的上下文來看，具有寓言警告全面戰爭的意味。老師想「阻擋這樁兇殺計畫，沒想到它已經遂行。我想拯救所有的人，但是我們大家早已滅頂，沉沒在罪惡的永恆大海之中」。作者似乎欲從學生T殺害N的冷血殘酷的個案，有意警告未來納粹集中營大屠殺的歷史慘劇。

Horváth筆下《沒有神在的青春》少年一代的命運，後來印證於葛拉斯（Günter Grass）的回憶錄《剝洋蔥》（*Beim Häuten der Zwiebel, 2006*）：「我14歲被納入希特勒少年團，16歲入伍，年滿17歲奉召加入SS黨衛軍，後成為美軍戰俘」。這位諾貝爾文豪當年青春夢醒之後感到罪孽深重，陷入祖國愛轉為祖國恨的情結，逼得他必須靠寫小說來懺悔贖罪。根據回憶錄所載，他一生中深恨兩個人，想用刺刀殺死他們：一個是他老爸，一個是他年少的自己。原因很簡單：帶他加入少年團的是老爸，而從軍入伍，是出自己少不更事、視死如歸的傻勁。

作者善用表現主義的寫實與超寫實的敘述技巧，敘述者與牧師、朋友凱薩和其他人物之間的對話，甚至他對下意識中顯現的神、N的亡靈、沒有生命的沙發的心語，構成多面而靈活的觀察角度。敘述者（即老師：代表作者）的反思、反諷的內心獨白，逼迫讀者不得不跟著思考問題、追究犯罪情節。讀小說就像觀賞戲劇。書中善用象徵物：用「魚」標示14歲的少年新世代，沒有血性靈魂、僵硬冰冷的一代。而凱薩身上所配戴的小飾物「骷髏頭」，則指向納粹黨衛軍第三師（又稱骷髏師）身上的徽章，這個組織專事滅絕活動，所作所為毫無人性，毫不掩飾自己的血腥和殘忍，所到之處盡是骷髏。書末凱薩把這飾物送給老師攜往非洲，別具詼諧諷刺的警世意味和母題（Motiv）效果。

小說《沒有神在的青春》以人道對抗軍國主義的題材，承繼尼采的文化批評，在德國建國（一八七一年）之初，尼采曾警告德國人勿過度崇尚軍事，以免「為了帝國而摧毀德國文化」。應驗讖語，第二帝國敗亡（一九一八年）之後，經歷戰爭浩劫的詩人Horváth，以其表現主義的文采，展現對威瑪共和國社會深入敏銳的觀察，警覺人性墮落的一面，走在時代前端，故文壇對他的作品評價甚高，媲美G. Büchner。而赫塞之所以特別推薦這本小說，因為「它直接切入時下道德世態」。就像故事中的讀書會，他們讀聖賢書目的是要譏諷人類。語調固然詼諧，面對世局，作者總報憂不報喜。那位出走的老師就像流亡的詩人，是隻烏鴉：

「飛吧，鳥兒！／用荒漠之鳥的聒噪音調，唱出你的歌，／你這蠢鳥，把你／那顆淌著血的心藏在冰雪和輕蔑中！」（譯自尼采：〈孤獨〉Nietzsche: Vereinsamt）

（本文作者為台大外文系退休教授）

導讀

極權下虛無的一代，良知也泣訴

周惠民

《沒有神在的青春》（*Jugend ohne Gott*）出版於一九三七年，次年，作者霍爾瓦特便因意外離世。他的生命雖倏如流星，作品的影響卻極深遠，這本小書就是一例。

霍爾瓦特於一九〇一年出生於蘇薩克（Sušak），該地原屬奧匈帝國，現為克羅埃西亞的雷耶卡市（Rijeka）之一區。霍爾瓦特出身斯洛維尼亞貴族，但其父服務於匈牙利外交部，霍爾瓦特之母則來自奧匈帝國軍官之家，而霍爾瓦特本人在德語環境中長大，以德語為母語，但經常隨其父調職，旅居各地，直到一九〇八年舉家遷回布達佩斯後，才開始學習匈牙利語。一九一三年，霍爾瓦特負笈慕尼黑，就讀當地古文中學。一九一六年，又移居維也納，從小就是一個「歐洲人」。

一九一八年，第一次世界大戰結束，奧地利與各國簽訂《聖日耳曼條約》，結束哈布斯堡王室長達數百年的統治，奧地利改行共和政體制，更廢止封建體制，造成許多貴族流離失所，紛紛離開奧地利。霍爾瓦特則往來於布達佩斯與維也納之間，接受兩地文化薰陶，不免也緬懷帝國往日榮景。霍爾瓦特中學畢業即轉往慕尼黑大學就讀，選讀心理、文學、戲劇及藝術史課程，並開始寫作。

一九二〇年起，霍爾瓦特一邊發表作品，一邊旅遊各地，包括柏林、薩爾茲堡等地，增加閱歷，成為其寫作題材。他也發表幾部小說、舞台劇本，一九三一年還獲頒飲譽文壇的克萊斯特獎（Kleist -Preis），聲譽鵲起。

一九三〇年代，歐洲大部分地區陷於經濟蕭條中，也引發政治動盪，社會不安，德意志地區尤其嚴重。右翼政黨相繼出現，各種種族主義與法西斯主義的主張紛紛出籠，攻擊當地的少數民族。霍爾瓦特面對此種政治局勢，頗為無奈，眼見第一次大戰造成的各種災難，戰後經濟危機也導致民生困苦，他質疑上帝，為何未顯示一些慈悲？霍爾瓦特甚至因此放棄他長期信仰的天主教。《沒有神在的青春》便是他檢視時局時，對法西斯主義與基督信仰的討論。

一九三三年，希特勒利用民生凋敝之機，煽動選民，獲得勝選，從而組閣擔任德意志帝國的總理。希特勒任命戈貝爾（Joseph Goebbels）為宣傳部長，執行媒體管控。戈貝爾開列長串禁書名單，也壓制藝術活動。儘管此時霍爾瓦特加入德國作家協會（Reichsverband Deutscher Schriftsteller）及作家聯盟（Union nationaler Schriftsteller），活躍於德意志帝國的文藝界，但許多作品因觸及敏感議題，遭戈貝爾點名清算。他先於一九三六年遭驅逐出境，繼而被「帝國作品管理局」（Reichsschriftumskammer）除名。此後，霍爾瓦特的作品不得在德意志帝國境內演出或銷售，他因此陷入財務窘境。幸虧霍爾瓦特這本《沒有神在的青春》於一九三七年在阿姆斯特丹出版，頗受市場重視，隨即也賣出八種語言版權，才解決困境。但此景更激起戈貝爾對霍爾瓦特的憤怒，宣布他是「有害讀物作家」，所有作品不得出現於帝國境內。一位以德文寫作的作者失去德意志市場，是何等景況。

一九三八年，奧地利併入德意志帝國，他只得回到布達佩斯及故土蘇薩克。此時，法國導演Robert Siodmak有意購買《沒有神在的青春》的電影版權，霍爾瓦特乃前往巴黎商量細節，孰料當晚返回旅館時，遭掉落的路樹擊中，傷重不治，草草葬於巴黎。一九八八年，才由家人將之遷葬於維也納，常伴其父母。當年遭帝國禁止的作品則重被柏林及維也納等地的圖書收藏。

霍爾瓦特曾經歷第一次世界大戰，也體會一九三〇年代歐洲的經濟大蕭條，其作品中經常流露他對世道、人心的關切。在《沒有神在的青春》中，霍爾瓦特透過一位學校教師的經歷，描繪個人在面對與自身差異巨大的外在世界時的矛盾心理：亟需安全，又渴望自由。在國社黨統治時期，安全與自由的對立達到頂點：安全的前提是服從「集體」，要自由則須放棄安全；主角在兩端之間不斷衡量，傾向安全卻又心有未甘，因此他不斷徘徊在群、我的邊界：自由使他受學生集體連署反對，校長庇護他的一番勸告，又使他幾乎向安全折腰。畢竟在左翼史家霍布斯邦（Eric Hobsbawn）所稱的「極端的年代」裡，安全與自由距離可能只是生死一線，「安身」或「立命」在此時此刻不啻一場嚴酷的天人交戰，做出適當的決定卻不容易。在國社黨「一體化」（Gleichschaltung）的政策下，是非的知識判斷及善惡的道德評價乃由政治灌輸；在極權政體中，個人反抗僅是一場小小的腦內風暴。

第三帝國時期，國家力量的展現絕非簡單暴力地壓抑個人思想，而是將所有個人置於一座以「祖國」（Vaterland）為名的大型工廠，各自成為其體制中的微小零件。整個國家為成就最有效的暴力機制而組織起來，學校教育乃成「小我」契合「大我」的規格化生產中心。生機蓬勃的年輕人，於其中成為字母表中的一個代號；身體強健的年輕人，受到整編進入離棄文明標準的戰爭活動的「教育」，透過「寓軍於教」、「寓兵於樂」的方式規訓青年的身體與反應；腦袋靈活的年輕人，回應監察機構的指定作文「我們為什麼需要殖民地」，透過重新述說符合政治宣傳的價值觀，藉著使用「最終」的語法，呼應納粹主張具有「真相」

性質，幾乎達到信仰的規格。這些「教養」的手段如此有效，使學生充分的「質勝於文」，他們可以僅為滿足惡意而群毆同學（非因飢餓求生，只為使別人無法吃上麵包），面對前來制止暴行的教師，施暴者夥同受暴者對之群嘲，「黷武」登堂入室進入學校，構成了反文明的高潮（或者文明的反高潮亦無不可）。

這些「人類標準化」工作若非以國家絕對權力施加，無以執行，在極端條件中人的日常需求儘管可剝奪至生存線上（可以為了訓練可以幾日不洗澡）；然而靈魂改造則非易事，思考畢竟無需空間，只要一縷神魂，只要進行「高估自我」的簡單活動，諸如寫日記、抱怨、偷情、閱讀禁書，連只是抱持虛無的態度——都對「國家標準」產生拆解的效果。更何況是一場學生軍訓活動中的謀殺案，這一方面源於各種人性小惡的展現，最終匯集成「黷武」價值伸張的必然結果——殺人。另一方面，謳歌殺人的體制追查兇手的目的卻不是為了獎賞犯行，純然的惡若要自立而不受暴力至上原則導致的盲目自毀，便只能變態地將自己改造為文明本身以托身在人的良善天性之上生存——於此，謀殺案審判無異於一場黷武價值自我超渡的法會，嫌疑犯的律師洗清其當事人嫌疑，並行禮如儀地「精準」定位「典型」罪犯（盜匪集團的成員是天然的、當之無愧的兇嫌）——雖然結論上是錯的。

事實的結論可以是錯的，但真相的結果必定是對的——失去了信仰的主角，向來依靠大量的內心獨白（良知）抵抗外在世界，一直以來艱辛地掙扎於自我異化（Entfremdung）的可能性，在這場殺人事件中他迎來對自己的人性考驗，他的證詞將決定事實是否符合真相，異化的危機充分展現於他自我頡難的義利之辨——因為他的良知泣訴：「說出來……幫我這個忙吧，別再折磨我了」；因為從事發到站上證人席的那一刻，他那長期知情不報的時刻裡，甚至對媒體說些言不及義的話語中，他的不安與多疑不斷嚙噬著自己；因為即便他不斷想著父母，想到未來生活毫無著落，也不能絲毫減免的內咎。他那蒼白無力的理性、難以啟齒的告白，終於在重新信仰上帝的此時此刻得到力量，他使自己成為完整的人，放佚之心唯有服從真理，才求來了「安心」的義利兩全。雖然，過去讓他失去信仰的任何事情都沒有消失，但他從自身的經歷中發現人的責任，「減少不公平」就是公平的開始。即便塵世的眼睛看不到超越人世的結果，但是理性的指南針幫助人們擺正結論，使公平追求公正，使公正追求正義。

希特勒與戈貝爾都明確指示：不愛國的作品必須消失，從柏林到維也納皆無例外，一九三三年後國社黨政府就開始了焚書活動，一九三七年又於柏林開辦「墮落藝術展」（Entartete Kunst）一方面對藝文作品進行政治清洗，另一方面也提供人民所謂的「負面教材」。這種文化危機一直持續到第二次大戰之後，霍爾瓦特才再度「復活」。他的作品改編成電影、廣播劇、有聲書，《沒有神在的青春》及《維也納森林故事》尤其受歡迎，就連霍爾瓦特的一生也搬上銀幕。許多霍爾瓦特的忠實讀者還於二〇〇三年組織了協會，發行網路期刊，舉辦活動。

有時不禁想問，這些閱讀及收聽霍爾瓦特的讀者，有多少人正是霍爾瓦特筆下的「虛無的一代」？第三帝國當道時，是不是這些讀者當中還有許多人曾經加入聲討霍爾瓦特的行列？他們當時可曾想到過會有這樣的一天？

（本文作者為政治大學歷史系兼任教授）

推薦序

錯誤的事物，終將消逝

蔡慶樺

《沒有神在的青春》這本小說是我某一年的生日禮物，贈送者是一位德國朋友，她說，這本小說是她那一代讀中學時必讀的作品，相信我一定也會喜歡。

那個晚上我很快讀完，對書中情節與人物都有深刻印象，好幾個場景揮之不去，反覆思量。在這個失眠的夜晚，我可以了解，為什麼歐洲的學校將其列為必讀作品。

作者是奧登．馮．霍爾瓦特（Ödön von Horváth），出生於一九〇一年，奧匈帝國仍然強大的時代。他的身世就是帝國複雜歷史與多元族群的縮影。出生於今日的克羅埃西亞，但當時屬於匈牙利王國（因而也是帝國的領土），父親即是帝國的外交官，但來自今日的斯洛維尼亞（當時亦屬匈牙利王國）。成長過程隨父母調動四處搬遷，曾在慕尼黑、匈牙利的普雷斯堡（Preßburg，即今日斯洛伐克首府布拉提斯拉瓦）、維也納求學。青年時期的他已決定走上寫作的道路，致力創作劇作及詩歌，也相當受到德語文壇的重視，尤其在柏林的劇作首演更是空前成功。

一九三三年希特勒掌權後，他的書開始被查禁，劇作也被禁演。一九三七年，他在阿姆斯特丹推出這本《沒有神在的青春》，大受各國市場歡迎，立刻被翻譯為多國語言。當時的德國已不容他生存，這本質疑權威、體制與意識形態的書一出版後，立即引起當局警覺，一九三八年，柏林的納粹祕密警察要求列入「有害和不良文學名冊」。今日這本書當然已經不是禁書，而已進入德語文學界的經典書目。不只在學校必讀，也總是不斷地被各劇團改編，年復一年登上舞台，包括全奧地利最重要的藝術節——薩爾茲堡音樂節。也曾經多次被電影化，最近一次是二〇一七年德國導演阿蘭・葛斯彭納（Alain Gsponer）改編的同名電影。

我認為這本書會成為經典，而且一再地被閱讀、被改編演出，正是因為霍爾瓦特以清晰卻又充滿比喻的手法，點出了那個法西斯時代、以及每一個時代的每個人的生命困境。我們如何面對良知、如何看待信仰、如何順應或者反抗大眾的意志、如何面對意識形態及政治宣傳，以及暴力，他所問的這些問題，多年來始終困擾著每一代的讀者。

雖然這本小說在納粹德國的銷售時間只有幾個月，但是已經引起文壇重視。托馬斯・曼在其日記中寫下讀後感想：「充滿刺激（reizvoll）！」而赫曼・赫塞在寫給其文人朋友的信中說：「我向你推薦一本小書，霍爾瓦特的故事《沒有神在的青春》。它實在太棒了，一刀劃入當今的道德世界狀況。」

本書情節懸疑，這裡不多做贅言，以免破壞讀者閱讀樂趣。我只記下幾個閱讀後覺得可以深入討論的點。

這本小說圍繞在學校活動上，引出各種複雜的情節與對話，之所以複雜，是因為登場的每一位都有缺陷，沒有人是完美的。這是個每個人都在犯錯、或者都在犯罪的時代，作者鑄造了一個生動的詞：「魚的時代」，形容人失去了同感與熱情，只如同魚一樣，冷漠生存。人的靈魂如同魚的臉一樣，毫無表情。書中的青年缺乏性格、思想和愛。例如，每位學生並無真正的名字，作者只以字母代號稱呼他們，刻意以抽象符號代替真正有個性的人名。學生們習慣從眾，雖以為自己在海中悠遊自在，但卻從不會離開群體，也輕易就接受宣傳，不會對外在環境提出批判意見。

此外，宗教也是一個重要的參考對象。奧地利是一個天主教國家，霍爾瓦特選擇此書標題，自有其宗教意涵。他筆下有著對基督教人文主義秩序的嚮往，而與這樣的老派價值觀為敵的，就是當時新興的國家社會主義世界觀。信仰與世俗、宗教與政治之間的緊張關係並非在納粹掌權後才浮現，例如一八七一年德國建立其國家時，即已有普魯士政壇與教會之間的「文化鬥爭」（Kulturkampf），而本書中的教師（偶爾也提及教會）與學生之間，也是這兩種思潮的抗爭。一種是真理與良知，另一種是國族主義，只是在法西斯思想的改造下，國族主義更被加上了狂熱與革命的氣味。

另一值得討論的角色是書中的教師，他雖然具備道德感，一開始願意質疑有問題的意識形態，但因為懼怕被解職而失去退休金，無法堅持其公民勇氣，終究是一個機會主義者；雖有素樸的正義感，但面對獨裁統治與群眾狂熱，終究不得不退縮。這是那個「魚的時代」中多數人的宿命，其實，何嘗不是作者自己的某種自白？

霍爾瓦特曾經在一九三四年致函「德意志作家協會」申請入會，說自己雖然是外國人，但母語是德語，他自覺是「強大德語文化圈」的成員，在「德國國族革命爆發」後，他始終拒絕對德國與其政府有任何批評，他希望能盡一己之力，參與「德國的重建」。這種口吻，全然難以讓人聯想，這就是那位幾年後寫了《沒有神在的青春》的作者。但是我也無法因而批判霍爾瓦特，在那些黑暗的時代，逆流的人終是少數，多少人求一己之生存而不可得。公民勇氣值得肯定，但命運壓迫的力道那麼巨大，這是歷史的悲劇。我們應當抱持警覺，切勿讓「魚的時代」重來，因為如果我們擔任那位教師的角色，誰能真正說，你我不會那樣無能為力？

也許，我們還是可以從霍爾瓦特留下的文字找到一絲絲希望。一九三八年三月，奧地利遭納粹德國佔領後——或者，當時的擦脂抹粉說法是「聯合」（Anschluß）——霍爾瓦特於五月前往巴黎，如同當時許多流亡作家。六月一日晚上，他在香榭麗舍大道上，在雷雨中，悲劇性地被掉落樹枝枝幹砸死。當時他口袋裡一包煙盒上，被發現夾著一張紙條，上面有其親筆寫下的兩行話：

「錯誤的事物，終將消逝，即使今日是主流；正確的事物，必將來到，即使今日還不存在。」

推薦序

噤聲使人平庸，平庸雖生猶死

盧郁佳

一個心懷情傷的成年男人，睡過很多女人，對她們不屑一顧，也看不起沒談過戀愛的少年嚮往愛情，覺得少年想保護搶劫偷竊的女友實屬幼稚。然而自從他躲在樹蔭暗處偷窺少年少女月下幽會做愛後，那月光照耀的裸體，使他內心開始醞釀重大變化，做出許多原本不會做的冒險傻事。最終他發現，自己原本自滿的生活，根本就不是一個活人能忍受的。

看過新聞說，買一個國中教職要花二十萬。我心想這二十萬砸下去求個歲月靜好，就算被霸凌，辭職也不會退你錢。想到二十萬扔水裡了，也只能死忍吧？

《飢餓遊戲》元祖，德語作家奧登・馮・霍爾瓦特的小說《沒有神在的青春》就寫勝組中學教師戴上黃金枷鎖，成了籠中鳥。希特勒統治下，黨國教育洗腦小粉紅熱中從軍當砲灰；不講是非、只看利益，有利自己親族就是好事。三十四歲的市立中學男教師「我」敢怒不敢言，怕弄丟鐵飯碗，把幹譙深藏內心。畢竟還要奉養退休父母，別的工作朝不保夕又沒退休金，有口飯吃怎能不珍惜。小粉紅學生力挺祖國侵略殖民，教師雖然拼了命把嘴巴縫緊；仍對白人優越感的小粉紅說出大逆不道的禁句「黑人也是人」，被家長追殺、連署逼校長撤換教師。

殊不知校長也在混吃等死，秉持顧好退休金的態度息事寧人，教師才能安全下莊。

祖國戰爭割韭菜割得越發急，派教師帶全班上山軍訓備戰。小粉紅虎視眈眈監視，要舉報教師、一槍斃命。沒想到小粉紅自己先被殺了，可喜可賀……欸不是，請節哀。步步追凶、峰迴路轉的懸疑娛樂主線後，教師竟發現另一個自己。

原本他眾人皆醉我獨醒，嘲諷社會冷血瘋狂，嗤笑學生蠢到被政府騙，也自嘲想太多跟自己過不去。一憤世嫉俗，內心便警鈴大作，要他閉嘴顧好退休金。他稱那警鈴聲為上帝，他討厭，但逼自己忍受這個機掰的上帝以求餬口。小粉紅奉上帝為圭臬，在他看來像魚般冰冷，死魚臉無表情、無靈魂，瞪著圓眼睛不思考，反而痛恨別人獨立思考，遇到教師這種反骨異類，必除之而後快。

「上帝歸上帝，凱撒歸凱撒」，上帝的相反，就是墮落酒吧的地下領袖凱撒，與男跨女的妓女為伍，眾人都來找他諮詢。教師渴望變成凱撒，其實在他獨處的世界裡，他就是個無人知曉的凱撒。他相信別人都是順民，「只有我跟你們不一樣」。但別人替他宰掉心腹大患小粉紅、掩飾他沒人知道的低級失誤，只要他閉嘴什麼都不做就可安全下莊，當他被動接受這小確幸時，其實已貪污，越界變成他討厭的小粉紅。

他發現學生私下叫他「魚老師」——原來正牌死魚臉就是他，他有多擅長戰術撤退，躲在無表情面具背後迴避言論踩雷，學生全看在眼裡。要養出一個希特勒，得靠整個村莊的明哲保身，他正是他嘲笑的平庸邪惡群眾之一。

等教師跨出了跟自己過不去的第一步，改變襲捲而來：

過去他和父母彼此冷漠、通信敷衍了事。現在他喪失了平日向父母隨心所欲撒謊的能力。

過去他是浪蕩渣男，玩女人追求CP值，自嘲鑽牛角尖就像少年嚮往愛情那麼丟臉，又暗笑男學生捨身救女友太幼稚。現在教師喜歡一個女孩就只想幫她，怕她受凍，想買大衣、鞋子和換洗衣物給她。不要她獻身，只要她過得好，他不必占有。

熟人說他看起來開朗很多。脫胎換骨。原來，活得像個人，是他從沒試過的體驗。

宛如《一九八四》鉅細靡遺地鋪陳覺醒的轉變，本書設計隱喻精緻絕倫，角色投射對位巧奪天工，在書中俯拾皆是。書中有兩次以掛畫烘托主角的心境：改變之前，他眼看山區鋸木廠關廠、大人失業，滿屋貧童忙代工，屋裡幽暗沒燈、也沒飯吃。隨後他在鄉村牧師家見到牆上掛畫：耶穌死在十字架上，瑪麗亞哭泣，羅馬軍隊長戴盔披甲站在旁邊沒事幹。

不言而喻，耶穌在此彷若象徵黑人、失業家庭，被男主人性侵、女主人毆打的十二歲女僕。羅馬軍隊長暗指教師，眼看富人劫掠窮人，卻自掃門前雪對窮人棄之不顧，已是助紂為虐。明知自己犯錯讓別人背鍋不公，他卻坐視而不作為。他發現良知也是上帝在低語，原來「上帝是世界上最可怕的東西」。嶄新的上帝、嶄新的信仰，從原本的行屍走肉上重新誕生。

改變之後，他去找財閥家長想講出真相。優雅富人區豪宅裡掛的三幅畫，則是宙斯誘惑裸女、丘比特和賽姬相戀、法國瑪麗皇后。教師想到這裡的居民沒挨過餓，畫中也只有雲端神祇、宮廷命婦離地的富麗堂皇。教師看著想起了代工的貧童，也沒見著財閥，暗示富爸媽竭盡所能逃避真相。

城市人隔絕於鄉村慘況，教師因軍訓下鄉才目睹貧窮，令人想起江昺崙、陳慧萍《永遠的農業人》一書敘述政府宣傳農家樂，李登輝參訪雲林，與農民在蒼蠅堆中吃番薯籤。農民連米都吃不起，跟雞牛同待茅屋，證明宣傳是謊言。於是他寫論文戳破肥料換穀政策剝削農民、獨厚公務員。

房慧真〈時間裡的癡人——試片室、七〇年代影癡、李幼鸚鵡鵪鶉小白文鳥，以及其他〉一文提到，一九七四年余為彥去新竹縣湖口村拍紀錄片為貧民募款，拍完被主辦單位沒收。因為畫面中「一個小孩坐在地上啃一根乾癟的甘蔗，當小孩的嘴離開甘蔗時，蒼蠅一擁而上」使文革中國相形變天堂。正是小說中教師初見一屋子貧童忙代工的震撼。

教師得閉嘴換飯吃，說真話會餓死，彷彿房慧真〈念念不忘，必有「影響」——專訪《影響》雜誌發行人王曉祥〉報導，一九七四年王曉祥盡言責批判臺灣電影，「中影公司有一位導演很不高興，就寫密告信到警備總部去，密告說這些人是在搞破壞的。中影公司是黨營機構，黨就是國，所以破壞黨的聲譽，一定有問題。」王曉祥若非資深立委之子就完了。

書中呈現的青春世代，若以「虛無的下一代」概稱，臺灣正是從「虛無的下一代」裡走過來的，李登輝、韓粉父母都是書中「虛無的下一代」，多數人真虛無，少數少年偷偷開讀書會，如李登輝研究改革，到今天虛無體制仍箝制社會停滯不前。小說批判附隨者同流合污卻自欺欺人，照見現實中我們對投機性質的適時閉嘴也視為自律，為了退休金睜一隻眼閉一隻眼放水，對正常操守避之唯恐不及。我們覺得很正常，理所當然大家該配合的事，其實一點也不正常。

很多人以為，遇上政治禁忌，只要退一步就海闊天空。而本書最尖銳的訊息是退一步即無死所，屈從噤聲會徹底摧殘一個人。表面上歲月靜好，其實整個人都被扭曲到人不像人，若非如小粉紅男學生般憤怒、整天找代罪羔羊施暴；就會像教師精神上自囚、暗中嘲笑羞辱所有人。噤聲者用輕蔑來保護自己，以為自己不說，別人就不知道。其實連妓女跟他開房相處半小時都吃不消，走後會忍不住在背後朝他吐口水。

人與自己的靈性分離，交換財富自由在望。結果人只剩空殼子，還是不快樂。有時就得鐵了心跟自己過不去，禁句衝動脫口而出，啟蒙之旅才會開展。

目次

沒有神在的青春
Jugend ohne Gott

黑人

三月25日

我的桌上躺著一束花，真可愛。這花是循規蹈矩的房東太太送給我的禮物，因為今天是我的生日。

但是我需要用到桌面，於是我把花擺到一旁，順便也把老父老母寫給我的信一起都放到一邊。母親寫給我的是：「親愛的孩子，祝你三十四歲生日有最好的一切，萬能的上帝賜予你健康、好運與滿足！」而我的父親則寫道：「祝你三十四歲生日一切都好，我親愛的兒子。萬能的上帝賜予你好運、滿足與健康！」

好運總是用得到的，我想，而且你也蠻健康的，感謝上帝！我敲敲桌面（譯

注：表示把自己目前所處的好運狀態封印起來）。然而，我感到滿足嗎？並不，我其實並不滿足。不過，畢竟沒有人是滿足的！

我在桌前坐下，打開一瓶新的紅墨水，打開瓶蓋的時候手指沾染到了墨水。真令人生氣，不沾手的墨水什麼時候才能發明出來！

不，我現在真的無法感到滿足。

別傻了，我克制著自己不要多想。你捧著有退休金的鐵飯碗，而且今天還是這種沒有人知道明天地球是不是還在轉動的時代。有多少人會快意地翹起二郎腿，什麼都不在乎了，如果他們有你這樣的職位？候選教師之中，真正能夠以教師為業的比例是多麼的少！趕快感謝上帝吧，你現在隸屬於一家市立中學，是專任教師了，也就是說你經濟無憂，變笨變老都不會有人干涉！你可以活到一百歲，也許還會成為祖國最長壽的國民！你生日的時候，雜誌會刊登你的照片，標題會寫著：「他的精神依然健朗」，而且這一切都有退休金可以拿！好好想清楚，別犯錯而毀了這一切！

我不想犯錯，便開始工作。

在我旁邊有二十六本藍色作業簿，而這二十六個男孩大約都是十四歲的年紀，昨天他們在地理課上必須寫作文，而我教授的科目正是歷史、地理。

窗外陽光依然燦爛，公園裡一定很舒服！可惜職業、工作是一種必盡的義務職責，所以我修改著作業，在自己的筆記本裡記錄著，哪個學生是可塑之材，哪個是朽木。

監管督導單位規定的作文題目是：「我們為什麼必須擁有殖民地」。是啊，為什麼？我們來聽聽學生的想法吧！

第一個學生的姓氏是B字母開頭的：他姓鮑爾（Bauer），名字是弗蘭茲（Franz）。這個班上沒有學生姓氏的開頭是A，但是B開頭的隨即就有五個。在全部二十六個學生裡有這麼多B，真是稀奇！不過，有兩個B是雙胞胎，這解釋了這種不尋常的機率。我機械性地快速瀏覽登記簿上的名單，發覺B開頭的姓氏幾乎被S趕上——沒錯，有四個學生的姓氏開頭是S，M開頭的有三個，E、

G、L和R的各有兩個，各一個的是F、H、N、T、W、Z，而起始字母是A、C、D、I、O、P、Q、U、V、X、Y的，則沒有半個。

好喔，弗蘭茲・鮑爾，讓我們聽聽為什麼我們需要殖民地？

「我們需要殖民地，」他寫道，「因為我們需要很多原物料，沒有原物料的話，我們就無法依據工業最內在的本質和價值來經營我們已經高度發展的工業，這會導致讓人無法承受的後果。而這個後果就是，我們國家的工人會再度失業。」非常正確，親愛的鮑爾！「雖然這個議題所圍繞的重點並不是工人，」不是工人的話是什麼呢？鮑爾，是什麼？「它更確切關係到的，是全體國民，而工人最終也是國民的一份子。」

毫無疑問，這「最終」還真是一個了不起的大發現呢！當我腦中浮起這個想法的同時，我突然間也再度意識到，在我們這個時代，古老的智慧被拿來當作第一次被說出的流行用語頻率有多高。抑或一向以來就是如此？

我沒有答案。

我現在只知道，我又必須看完二十六篇作文，二十六篇前題立論扭曲、結論錯誤的作文。若「扭曲」和「錯誤」能夠互相抵消，該有多好！但是它們不！它們手挽手、肩並肩，高唱著空洞的詞語朝我走過來。

作為一名公務員，我必須要小心管住自己不去批評這首可愛的頌歌，哪怕只批評一點點都不行！雖然疼痛難忍，但是個人如何抵擋大眾？個人只能暗暗生氣、憤怒。而我不想再繼續憤怒了！

速速批改吧，你還要去看電影呢！這個N在寫什麼東西啊？

「所有的黑鬼都狡猾、懦弱和懶惰。」

——太愚蠢了！劃掉！

正當我想在空白處用紅墨水寫上「沒有意義的一概而論！」時，我遲疑了。小心！我好像最近在哪聽過這個有黑鬼兩個字的句子？到底在哪？對了！這個句子在餐廳的廣播器裡滔滔溢出，讓我幾乎倒盡胃口。

我讓這個句子通過，因為只要是廣播裡出現過的句子，便沒有哪個教師有權把它從學生的習作簿裡劃掉。

而當我繼續批改下去時，耳朵裡不斷聽見廣播所傳出的各種聲響：嘶嘶嘶、嚎嚎嚎、吠吠吠、咕咕咕以及好像在威脅你一般的聲響——而報紙轉印這些廣播的聲響，孩子們——孩子們也在複寫這些聲響。

現在我改完姓氏開頭字母T的學生了，字母Z即將開始。咦，W呢？我把W姓氏的作文練習簿放到哪裡去了？啊，W昨天生病了——他週日時在體育場染上肺炎，沒錯，他的爸爸還寫了一份正式的書面假單給我。可憐的W！為什麼下著冰冷的傾盆大雨，你還要去體育場呢？

我想到這個問題，你其實同樣可以拿來問自己，因為週日你同樣也身在體育場，同樣也忠實地堅持到終場的哨聲響完，雖然這兩個球隊踢球的技巧絕對和高明沾不上邊。是的，這場球賽甚至可以說無聊至極，然而——你為什麼留在那裡不走？

而且除了你，旁邊三千個買票進場的觀眾也沒有離開，為什麼？

為什麼？

當右邊鋒帶球越過左半場來到中間位置，當中鋒把球踢到無人區，而守門員躍起又落地，當左邊鋒卸減他的防守，迫使球賽在邊區進行，當防守球員在球門底線搶救，當某個球員犯規撞人或者表現出騎士風度，當裁判是厲害或頭腦不清楚，或偏袒或公平，這時對觀眾而言，存在於世界上的，除了足球以外沒有其他。不論當時是日曬、是雨淋還是降雪，在這種時候一切都被拋諸腦後了。

什麼是這個「一切」？

我不禁微笑：黑人嗎？也許——

下雨了

當我隔天早上進學校，上樓前往教師辦公室時，聽到二樓有狂噪的聲音。我加快上樓的速度，然後看到五個學生E、G、R、H、T圍毆學生F。

「你們想幹什麼？」我對著他們大喊。「如果你們覺得還必須像小學生一樣打架，那起碼一對一的打。五個打一個算什麼英雄好漢?!」

他們瞪著我，不理解我在說什麼，甚至F，被五個人圍毆的那個學生也是。他的領子被扯破了。「他到底對你們做了什麼？」我繼續問，但是這些學生並沒有要回答的意思，被揍的那個也不說話。我慢慢地才問出來，F並沒有做什麼，相反的：這五個人偷了F的奶油麵包，不是為了要吃，只是為了讓F沒有麵包吃。他們把麵包從窗戶丟進校園裡。

我往下一看，麵包躺在灰色的石頭地面上。雨仍在下，麵包閃閃發光。我想：也許這五個學生沒有麵包，而F有，所以觸怒了他們。但是不是這樣的，他們都有自己的麵包，G甚至有兩個。於是我再問一次：「你們為什麼要打他？」他們自己也不清楚。他們站在我面前尷尬地笑。是啊，人性可以是惡的，《聖經》裡早就說了。當暴雨停止，洪水退卻之時，上帝說：「從今以後，我不會再為了人類的心性而懲罰大地，因為人的心性從青少年開始就是邪惡的。」

上帝遵守了祂的諾言？我不知道。但是我不再追問他們為什麼要把麵包丟進校園。我只想知道，他們是否聽過，亙古以來、從幾千年前就開始、自有人類文明之後一再被強調、被鞏固的信條，是男人之間的準則：如果要打架，就要一對一地打！永遠保持騎士風度！然後我面對這五個學生，問他們：「你們不覺得羞恥嗎？」

他們不覺得羞恥。我說的話是另外一種語言，是他們聽不懂的語言。他們瞪大眼睛無辜的看著我，只有被揍的那個學生笑了，他在嘲笑我。

「窗戶關好，」我說，「不然，雨要打進來了！」

他們關上窗戶。

這個世代會成為什麼樣的世代？強健的？還是只是粗暴的？

我沒有再說什麼，直接進了教師休息室。在樓梯上我停頓了一下傾聽：他們是否又打起來了？沒有，一片寂靜。他們還在想，這個老師怎麼這麼奇怪。

新富一代

從十點到十一點是地理課。在這一個小時裡我必須檢討昨天改好的作文，也就是題目是殖民問題的那篇作文。之前已經提過了，如果按照規章，文章的內容沒有什麼問題可以提出。於是我將習作發還給學生的同時，僅僅跟他們講解語感、糾正拼寫以及一般的寫作格式。例如跟B姓之一的學生說，寫字最好不要超出左邊的框格；跟R說，一個段落要寫長一點；跟Z說，殖民地的殖是「歹」字邊，又不是植物的「植」。只是，當我將簿子還給N時，我無法克制自己地說：「你寫，」我說，「我們白人的文化和文明優於黑人，在黑人之上，這也許是對的。但是你不可以寫，黑人的生存不取決於黑人自己。即使他們是黑人，他們也是人！」

他直愣愣地看著我，然後臉上掠過一抹不舒服的表情。是我眼花看錯了？他接過成績優秀的習作，動作正確地鞠了個躬，然後重新回到他的位子上坐下。不久我將會知道，這個時候我並沒有看錯他的表情。

隔天N的父親馬上出現在我的導師時間，這個時間是為了和學生的父母保持聯繫，我每週必須要安排一次這樣的時間。他們來詢問自己孩子的學習有沒有進步，也詢問各種無關緊要的教育問題。他們是乖巧的市民、公務員、軍官、商人；這些家長之中，沒有一個是工人。

我感覺有些父親對於他們的孩子針對各式學校題目所寫出的文章內容，和我有相近的看法。但是我們只是相視一笑，聊一聊天氣。這些父親大多數比我年長，有一個甚至真的已經白髮蒼蒼。最年輕的一個父親不到兩個禮拜前剛滿二十八歲，他十七歲的時候交上一個工業家的女兒，是一個優雅的人。他來拜訪我的時候，總是開著他的跑車。太太留在車裡坐著，我只能從樓上看到她。看到的她不過是帽子、手臂、腿的部分，其他什麼都看不到，但是我還是很喜歡她的樣子。你也可以有一個兒子，我心裡這麼想的同時，也必須克制住自己最好不要生孩子。生孩子要做什麼？就為了讓他在某場戰役中被射殺？

N的父親現在就站在我面前。他走路的姿勢非常自負，而且直視我的眼睛。「我是奧圖N（Otto N.）的父親。」「很高興認識您，N先生。」我用一般性的禮貌欠身回答，請他坐下，但是他不坐。「老師，」他開始說，「我來這裡是因為一件極其嚴重的事情，這件事很可能會有更嚴重的後果。我兒子奧圖昨天下午很生氣地跟我說，老師您似乎對他說出令人無法忍受的侮辱的話——」「我？」

「沒錯，是您！」

「什麼時候？」

「昨天在地理課上。學生們寫了一篇有關殖民地的作文，您對我兒子奧圖說：黑人也是人。您現在明白我的意思了嗎？」

「不，我不明白。」

我是真的不明白他是什麼意思。他試探地看著我露出——天哪，這個人是有多愚蠢的神情，我心想。

「我今天到這裡來，」他緩慢並且以強調的語氣又開始說，「實際上的原因是，我從很年輕的時候便開始追求正義。我請問您：你是否真的以這種形式以及在這樣的情況下說出有關黑人的禁止言論，有還是沒有？」

「如果有的話，」我忍不住微笑：「就不枉費您來這一趟了——」

「很抱歉！」他粗暴地打斷我的話：「我沒有心情開玩笑！您似乎還沒有明白，以這種說法描述黑人代表什麼?!這是對祖國的不敬！您是騙不了我的！我太清楚您這種多愁善感、講人道的毒藥，是怎麼以秘密的方式和背信棄義的詭計暗中殘害孩子們天真無辜的靈魂。」

這是什麼亂七八糟的話！「請容我說一句，」我衝口而出，「《聖經》裡早有記載，所有的人都是人！」

「《聖經》寫成的那個時候還沒有殖民地，在我們的認知之中。」麵包師傅嚴實地訓誡我，「《聖經》必須廣義地去理解，它是象徵性的，是？還是不是？！先生，您難道相信亞當和夏娃真的存在過？還是他們的存在只是象徵性的?!我絕對不允許您引用上帝的話來當作說出不當言論的藉口，我不會讓您得逞的！」

「您放心吧，我不會的。」我一邊對他說好話，一邊把他送出去，或者不如說推出去。「我們菲利皮（Philippi）那邊見！」他對著我大喊大叫，然後才離開。

兩天之後，我站在菲利皮的辦公室裡。

校長遣人來把我叫去。「聽著，」他說，「監督單位來了一封信，一位麵包師傅N先生對您提出投訴，他檢舉您有不當的言論。——別擔心，我很清楚為什麼會有這樣的投訴出現，您不必解釋！但是，親愛的同事，我的義務仍然是必須提醒您，請別再有類似的事發生。您忘了機密信函5679 u/33嗎？我們必須讓年輕人遠離所有可能以任何形式影響他們未來對軍事判斷能力的事物——也就是說：我們必須在道德上教育他們樂於參戰，這就是結論！」

我看著校長，他微微笑著，然後他猜到我的想法，起身來回踱步。他是一個俊帥有型的老先生，我心想。

「您應該很訝異，」他突然開口，「我怎麼會鼓吹戰爭？您完全有權利驚訝。您心想，看哪，這個人！不過才幾年前他還滿腔熱情地簽署要求和平，現在呢？現在他在武裝，準備開戰！」

「我明白您的作為只是被逼迫的。」我試著讓他冷靜下來。

他聽了我的話，在我面前停步，專注地看著我。「年輕人，」他嚴肅地說，「記住一點：沒有強迫這種事。我可以選擇反抗時勢，讓一個做麵包的把我關起來，我可以選擇離開。但是我不願意離開，沒錯，我不離開！因為我要在職位上做到退休，我要能夠拿到全額退休金。」

真有你的，我想。

「您認為我是犬儒。」他繼續說，並且像一個父親一樣地看著我。「喔，不是的。我們所有人，所有追求人類更高層次的人，都忘了一點：時代！我們生活於其中的時代！親愛的同事，誰像我一樣已經如此見多識廣，就漸漸能掌握事物的本質。」

你說的容易，我又想，你見過戰前美好的世界了。而我呢？直到戰爭的最後一年我才第一次去愛，但是別問我愛的是什麼。

「我們生活在一個平民崛起的世界，」他對我悲傷的點頭。「您只要一想古羅馬，耶穌誕生之前二八七年。那時候貴族和平民的鬥爭還未分出勝負，但是平民已經占據了國家機構內最重要的職位。」

「請容我說一句，校長先生，」我鼓起勇氣反對，「根據我的了解，現在統治我們的，並不是貧窮的平民，而是金錢，金錢才是至高無上的。」他又睜大眼睛看著我，暗暗發笑。「沒錯。但是我現在馬上要給您的歷史批個不及格的分數，歷史教授！您完全忘了平民中有富人呀，記得嗎？」

我想起來了，是啊！這些富有的平民背棄了人民，跟早就已經有些腐敗的貴族互相勾結沆瀣一氣，組成新的權貴，就是所謂的「貴族派」（Optimates，譯注：拉丁語Optimates，原「好人」之意，之後這個名詞被用來稱呼羅馬共和國晚期的菁英派系）。

「別再忘了！」

「不會的！」

麵包

當我下一堂課走進我一時大意，竟對黑人提出不同於一般的意見的班級時，馬上感覺到有些不對勁。學生大爺們在我的椅子上塗了墨汁嗎？不是。為什麼他們這麼幸災樂禍地看著我？

有人舉手。什麼事呢？他走近我，向我微微欠身，遞給我一封信，重新回到座位坐下。

怎麼了？什麼事？

我把信打開，粗略看過之後，心中大怒。但是我克制住怒火，假裝很認真地在閱讀這封信。沒錯，所有的學生在信末都簽了名，全部二十五個，W還在病假中沒有來。

「我們不願意」，信中寫道，「再接受您的教導，因為這次事件之後，我們這些在信末簽名的人無法再信任您，我們請求更換別的老師。」

我看著這些簽了名的學生，一個一個地看過去。他們緊閉嘴巴，完全不看我。我壓抑著怒氣，用漫不經心的口吻問道：「這是誰寫的？」

沒有人回答。

「別這麼孬嘛！」

他們一動也不動。

「好吧，」我站起來說，「我也不想知道這是誰寫的了，反正你們大家都簽名了。——巧得很，我也沒有興趣再教一個不信任我的班級。但是相信我，我還是想憑著良心……」我停止往下說，因為我突然發覺，有一個學生正在桌子底下寫著什麼。

「你在那裡寫什麼？」

他想把東西藏起來。
「拿過來！」
我把他藏起來的東西拿過來，他輕蔑地笑了笑。他藏的東西是一張紙，紙上是他速寫了我說過的每一個字。
「啊，你們在暗中偵察我？」
他們冷笑。
笑吧，我才不怕你們。我在這裡已經沒有什麼好失去的了！讓別人來和你們角力吧！
我去找校長，告訴他所發生的事情，請他幫我轉到別的班級去。他笑著說：「您覺得別的班級會比較好嗎？」然後他帶著我回到班上。他怒吼、咆哮，大聲責罵學生——好一場戲碼！他大罵這是什麼卑鄙、厚顏無恥的行為，渾球沒有權利要求更換老師。他們在想什麼，是不是腦袋壞掉了等等。然後他留下我一個人，離開了教室。

學生們坐在我面前，他們恨我，他們想毀滅我、我的存在和我的一切，只因為他們無法忍受我說黑人也是人。不是人的是你們，你們才不是人！

等著吧，死小孩！我才不會因為你們而招致任何紀律處分，更不用說失去我的飯碗——要讓我沒飯吃，是嗎？沒有衣服沒有鞋子穿，是嗎？要讓我頂無遮蔽？會讓你們稱心如意才怪！從現在起我只會多多告訴你們，除了你們之外，別人都不是人。我會一再一再反覆地說，直到黑鬼這個詞在你們的耳朵裡長繭！反正別的你們也不要！

毒瘤

這天晚上我無法入眠，眼前一直浮現那張速記——是的，學生想把我滅了。如果他們是印第安人，應該會把我綁在受刑柱上剝我的皮，連眼睛都不會眨一下。

他們深信自己是對的，自己有權利這麼做。

這一幫可惡的傢伙！

還是其實是我不理解他們？三十四歲的年紀難道已經太大了？我和學生之間的代溝比一般世代之間更大？

現在我相信，世代之間的鴻溝是無法逾越的。這些孩子們拒絕接受我所相信、我所認為神聖的一切。這還沒有什麼，比這更糟糕的，是他們拒絕的態度：動腦的事想都不想！他們完全不思考、不去認識了解，這才是最糟糕的！

他們憎恨一切思考。

他們對「人」不屑一顧，他們想成為機器，成為螺絲、輪子、活塞、皮帶——更棒的是成為彈藥：炸彈、榴霰彈、手榴彈。他們多麼希望能夠戰死沙場！名字被刻在戰爭紀念碑上，是他們青春的夢想。

等一下！願意做出最大的犧牲，這不是一種高尚的美德嗎？

當然，如果為之犧牲的，是正當理由的話——但他們想要為之犧牲的理由是什麼？

「只要對自己的親族有益，都是對的。」廣播這麼說。對我們沒有好處的，就是不對的。這樣說來任何事情都可以被允許，謀殺、搶劫、縱火、偽證都可以做——只要是為了親族而做，都不是罪行！這是什麼亂七八糟的話？

這是罪惡的觀點。

當古羅馬時期的新銳擔心國民會打壓減他們的稅的要求時，他們便退回到獨裁統治的高塔上。他們譴責貴族曼利烏斯・卡皮托利努斯（Manlius Capitolinus）想用自己的財產將欠債的平民從監禁中解放出來，便把他當叛徒處死，將他從塔佩安山崖（Tarpejischer Fels，為卡比托利歐山（Capitoline Hill）南側的陡峭懸崖，羅馬共和國時期用作行刑地點）推下去。自從人類有社會之後，社會出於自我保護的原因，無法捨棄犯罪。但是人類對這些罪行會保持緘默，會掩蓋隱瞞這些罪行，因為人類對這些罪行感到羞恥。

今日人類對這些罪行所感到的，是驕傲。

這是毒瘤。

我們都被污染了，不論是朋友或敵人。我們的靈魂充滿了黑色的腫瘤，很快地靈魂就會死去。然後我們雖然沒有靈魂，可是會繼續活著，像死了一樣。

即使是我的靈魂也已經烏煙瘴氣。當我看報紙看到他們之中有人死亡，我就想：「死的太少了！太少了！」

我今天不也已經想過：「一切都完了嗎？」不，我不能繼續這麼想下去！現在我要洗個手，然後上咖啡館去，在那裡總會坐著誰可以跟我下棋。趕快出門吧，我需要新鮮的空氣！

在我生日那天房東太太送給我的花已經枯萎了，可以拿去做堆肥。明天是星期日。

咖啡館裡坐著的人，我都不認識。

怎麼辦？

去看電影吧！

在電影開場前放映的新聞週報中，我看見新富們揭幕獻給自己的紀念碑、高舉鐵鍬破土、驗收他們自己的防衛隊。影片接著放映一隻小老鼠戰勝一隻大貓，然後是緊張刺激的偵探故事，槍林彈雨射擊不斷，為了伸張正義。

我從電影院出來的時候，已經是晚上了。

但是我不想回家，一想到我的房間，我就害怕。

不遠處有一家酒吧，去喝一杯吧，如果這家店的酒水便宜的話。價錢不貴。

我走進去，一個小姐過來想陪侍。

「這麼孤單地一個人嗎？」她問。

「是啊，」我微笑，「很遺憾——」

「我可以坐過來嗎？」

「不行。」

她看似受傷地退了回去。我並不想傷害您，小姐！請您原諒我就是這麼孤單的一個人。

魚的時代

喝下第一杯烈酒後，我想，人類必須發明一種可以抵消任何武器的武器，基本上就是「武器的相反」——啊，如果我是一個發明家有多好，我什麼不能發明！如果我是發明家，世界會變得多美好！

但是我不是一個發明家，而且假若我沒有讓世界看到光明，世界什麼都會錯過，不是嗎？太陽會怎麼說？而又會是誰住在我的房間裡？

別問這麼蠢的問題，你醉了！你就存在了啊！在你不可能知道如果你沒有出生的話，你的房間是否存在的情形下，你還想怎麼樣？也許你的床還是一棵樹呢！所以囉，羞羞臉，你這個老傻瓜！思考形而上的問題時，還像一個在情愛這件事上尚未完全啟蒙的小男生嚮往愛情一般。不要再神神祕祕地窺探了，還是喝你的第七杯酒吧！我喝著喝著——各位女士先生們，我不愛好和平！我希望我們大家都去死！而且是不得好死，我們要重新啟用酷刑，沒錯，酷刑！罪惡多得我們來不及刑求，因為人性是罪惡的！

第八杯酒下肚後，我對彈琴的人友善地點頭，雖然他的音樂我一直到第六杯都很不喜歡。我根本沒有注意到站在我前面的那個人嘗試和我說話已經兩次了，直到第三次我才看到他。

我馬上就認出他是誰。

他就是我們的朱利歐・凱薩（Julius Caesar）。

原本他是受人尊敬的同事，在女子中學教授古典語言，卻捲入醜聞中。他和未成年的女學生發生關係，被關進監獄。很長一段時間都沒有看到他，然後我聽說他在沿門兜售各式各樣的垃圾商品。他別著一個非常大的領針，別針上有一個小小的骷髏頭，裡面安置一個跟放在口袋裡的電池相連的小燈泡。他一按鈕，頭骨的眼洞裡就會發出紅光。這是他的玩笑，他擱淺的存在。

我已經忘記為什麼他會來，為什麼他會突然坐在我身邊，為什麼我們會開始熱烈地辯論起來。對，我喝得很醉，只記得一些隻字片語——

朱利歐・凱薩說：「您說來說去，我尊敬的同事，都是一些不成熟的東西！是時候跟一個沒有抱任何希望，因此看待世代變遷的眼光是開闊自由的人交談了！聽著，您——同事先生，以及我，我們是亞當・里斯（Adam Ries，德國數學家）之後的兩個世代。而您班上那群小毛頭也是一個世代，我們全部加起來是亞當・里斯之後的三個世代。我六十，您大概三十，而那些小淘氣應該是十四歲左右。注意了，青春期的經歷，尤其是男性的青春期經歷，對整個人生的整體態度是有決定性意義的。」

「別煩我！」我說。

「即使您覺得我煩，也要聽我說，否則我會發狂！」

「我這一代人青春期的時候，最至上、也是最普遍的問題是女人，意思是：

那個我們得不到的女人。因為那個時候還和現在不一樣，所以我們每天最與眾不同的體驗就是自慰，以及伴隨自慰所有的傳統後遺症，也就是說，伴隨著自慰的，是對後果的恐懼，害怕健康會受到損害。雖然後來證明自慰損害健康的說法是毫無根據的，可惜已經太遲了。換句話說：我們在女人身上絆倒，跌進世界大戰。接著而來的是您的青春期，那正是戰爭的激烈正處於最高峰的時候。沒有男人了，女人的意願反而比較高。你們都還來不及意識到自己的需求時，慾求不滿的女性世界便撲到你們乍醒的春夢上。對你們這一代人來說，女人不再是神聖的，也因為如此，你們這類人永遠不會真正被滿足，因為在你們靈魂的最深處，渴望的還是純潔、莊嚴、不可褻玩——用另外一句話來說：你們渴望的還是自慰。在這種情形下，女人在你們這些青春男子身上絆倒，跌進男性化之中。」

「同事啊，您真是性愛成癮。」

「為什麼？」

「因為上帝所造的萬物，您都從肉慾的角度出發去觀察，雖然這是您這一代的標誌，尤其是您這個年紀的人。但是，別一直躺在床上啊，起來了，把窗簾拉開吧，讓陽光進來，和我一起往窗外看！」

「外面會看到什麼？」

「不會看到什麼美麗的東西，雖然如此，我們還是得往外看。」

「我看得出來，您是沒有被發現的浪漫者！拜託，別再打斷我的話了！坐下，現在我們來說一說第三代，也就是現在十四歲的這個世代：對他們來說，女人不再是一個問題，因為沒有真正的女人了，只有學習的、划船的、做體操的、行軍的怪物！女人愈來愈沒有魅力，難道您沒有察覺？」

「您真是太偏激了！」

「誰願意欣賞一個背著背包的維納斯（Venus）？我可不想！沒錯，當代青春期少年的不幸就是沒有真正的叛逆期——包含著色情、政治、道德等等的叛逆期，一切都亂七八糟、混淆不清，什麼都被一概而論！而且，太多的失敗被當作勝利來慶祝，青春最深處的感情又太經常被認為是大驚小怪，而另一方面，對這些年輕人又太便利了：不論廣播說出什麼白癡的言論，他們只需要照本宣科，就能得到優越的成績。幸好還有幾個是與眾不同的，真是謝天謝地！」

「與眾不同？」

他謹慎小心地看看四周，靠緊我，然後輕聲說：「我認識一位女士，她的兒子在上理科中學，叫做羅伯特，今年十五歲。他最近偷偷看了一本特定的書——不是色情書啦，而是講虛無主義的，書名叫做《關於人類生命的尊嚴》，是被嚴格禁止的讀物。」

我們互相對視，默默地啜飲一口酒。

「所以您相信這些小混蛋中也有一些另類偷偷地在讀書？」

「不是相信，而是知道。在這位女士家裡有時候會有言論直白的聚會，她常常因此不知所措。這些男孩們什麼書都看，但是他們只是為了嘲笑世界而閱讀。他們在一個愚蠢的天堂裡閱讀，所懷抱的理想就是用諷刺來傷人。冰冷的時代要來臨了，魚的時代。」

「魚？」

「雖然我只是一個業餘的星象學家，但是地球正在往魚的星象轉去，這會讓人的靈魂變成像魚的臉一樣僵硬。」——

就這些了，跟朱利歐・凱薩長篇大論地激辯，留下的記憶就只有這麼多。我還記得的是，我在說話的時候，他常常打亮小骷髏頭裡的燈讓我分神。但是我沒有讓他得逞，雖然我已經醉得不知所已。——

然後我在一個陌生的房間裡醒來，躺在一張陌生的床上。光線陰暗，我聽見有人在平穩地呼吸。啊，原來是一個女人，她睡著。妳是金髮、黑髮還是紅髮呢？我記不起來。妳是什麼樣子？我該開燈嗎？不了，妳還是繼續睡吧！

我小心地起身，走到窗邊。外面天色仍然黝黑，什麼都看不見。沒有街道，沒有房子，霧氣籠罩了一切。在霧中，遙遠地，一盞燈亮著，霧氣看起來像水，我的窗戶似乎在海裡。我收回目光，不再往外看。

繼續看下去的話，說不定魚就游到窗外來了，而且還會往裡面看。

守門員

早上回到家，房東太太已經在等我了。她很緊張，「來了一位先生，」她說，「已經等您二十分鐘了，我請他在客廳坐。您到哪裡去了？」

「去找朋友，他們住在城外，我錯過了最後一班火車，所以就乾脆在外面過夜了。」

我走進客廳，鋼琴旁邊站著一個矮小樸素的男人。他正在翻閱樂譜，我沒有馬上認出他是誰。他的眼睛紅紅的，熬夜了？我腦中閃過這樣的念頭，還是哭過？「我是W的父親。」他說。「老師，請您務必幫幫我，事情很嚴重！我兒子快死了！」

「什麼？」

「是的，他不是感冒得很嚴重嗎，從今天算回去，八天前在體育場看足球那時候染上的，醫生說只有奇蹟才能救他，但是奇蹟是不會有的，老師。他的母親還不知道，我不敢告訴她——我兒子只還在部分時候意識清楚，老師，其他時候都在高燒囈語中。但是當他清醒時，他一直懇求的就是想見一個人——」

「他想見我嗎？」

「不是，不是您，老師，他想見的是守門員，踢足球的，上週日表現得很好的那個球員，這個球員是他全部的理想！我想，也許您知道我怎麼去找到這個球員，如果我們求他的話，他會來吧。」

「我知道他住在哪裡。」我說，「我去跟他說。請您先回家吧，我會把守門員帶過去的！」

他離開了。

我快速地換好衣服後也出門，去找守門員。他住在附近，我認識他的運動用品店，是他的姐姐在經營。

因為是週日，店門是關著的。但是守門員住在跟店鋪同一棟的房子裡，他住在四樓。

他正在吃早餐，房間裡滿滿的獎杯。他即刻就應允，連早餐都不吃了，跑在我前面下樓梯。他幫我們兩個叫了計程車，還不讓我付車費。

父親來應門，招待我們進去。他的個子似乎更矮小了。「他的神智現在是清醒的，」他輕聲地說，「醫生正在檢查，但是請進，先生們，請進！非常非常感謝您，守門員先生！」

房間裡半明半暗，角落裡擺著一張寬大的床。他躺在床上，頭臉通紅，我想起來他是班上個子最小的學生。他的母親也很嬌小。

高大的守門員尷尬地站著，這裡躺著一個真摯的球迷——向他高叫歡呼、熟知他的經歷、索求他的簽名、這麼喜歡坐在他的球門後面、總是要讓維持秩序的人一趕再趕的幾千位球迷之中的一個。

母親靠在床邊彎腰說：「海因里希（Heinrich），守門員來看你了。」

少年張開眼睛，看見守門員，「好。」他微笑了。

「我來了，」守門員說，「聽說你想見我。」

「你們什麼時候跟英國隊比賽？」少年問。

「這只有老天爺才知道。」守門員說，「隊裡因為這件事吵翻了天，我們行程安排上有困難——我覺得，我們應該會先跟蘇格蘭隊踢。」

「跟蘇格蘭隊比賽應該很容易——」

「哦吼！蘇格蘭人射門速度可快了，而且各種角度都射得很棒。」

「講給我聽，我要聽！」

守門員開始敘述他成名的戰蹟、不甘心的敗役，講嚴格的裁判和腐敗的線判。他站起來，拉來兩張椅子當球門，表演有一次他如何接連擋住11公尺（譯者：台灣多用「12碼」）罰球射門。他給少年看他腦門上的傷疤，那是他在里斯本一次非常勇敢大膽的救球後留下的。他講述留下他神聖戰績的遙遠國度，講述觀眾席裡坐著配戴武器的沙漠遊牧民族貝都因人（Beduinen）的非洲。他講述球場可惜是石頭做的美麗島嶼馬爾他（Malta）——

守門員說著說著，小小的少年W睡著了，帶著幸福的笑容，靜謐安祥。——

下葬是在一個週三，下午兩點半。三月的陽光閃耀，復活節不遠了。

我們站在還未覆蓋的墓穴邊，棺材已經躺在墓穴裡。

校長以及幾乎所有的老師都在場，只有物理老師沒有來，他反正是一個怪人。牧師誦禱墓前悼詞時，少年的雙親、幾個親戚都一動不動。

在我們對面的是逝者的同學，他們圍成一個半圓站著，全班二十五個人都到了。

墓穴一旁有花，一個漂亮的花環，黃綠色絲帶上寫著：「致上最後的問候。你的守球員」

牧師的禱詞講到花開花落時，我發現了N。

他站在L、H和F的身後。

我觀察著他，他的臉上沒有任何表情。

他現在看到我了。

他是你的死敵，我猜想，他把你當成腐敗的人。等他長大，就慘了！他一長大，就會摧毀所有的事物，即便是在你記憶中的廢墟。

他希望，躺在下面的是你，而你的墓穴他會搗毀，確保不讓任何人知道你曾經活過。

你不能讓他察覺你知道他在想什麼，我突然想。你卑微的理想還是自己先留著吧，N之後你還會有學生的，另一個世代會來臨——N，不要以為你會比我的理想更長壽！你只會活得比我久，而這還只是也許。

在我這麼想的同時，感覺到除了N還有別人在瞪我。那個人是T。

他微微地笑，自負嘲弄地。

他猜到我在想什麼？

他仍然在微笑，怪異地僵硬。

兩只圓圓的眼睛看著我。裡面沒有靈光，沒有閃動。
一條魚？

全面戰爭

三年前監督機構頒布了一項規定，透過這項規定，從某些方面來說，也等於廢除了一般會有的復活節假期。所有的中學都收到指令，復活節之後，課堂馬上搬入營地。「營地」的意思在這裡指的是全套軍事訓練，學生們必須以班級為單位，走入露天的大自然裡十天，在老師的監護下，像軍人一樣睡在駐紮營地的帳篷裡。學生們將受到退休士官的訓練，他們必須操練、行軍，十四歲以上的學生還要學習射擊。學生們當然非常興奮，甚至連我們這些老師也很高興，因為我們也喜歡玩扮演印第安人的遊戲。

所以復活節這一週的週二，某個偏遠村莊的居民就可以看到有一輛巨大的巴士開來。司機猛按喇叭，好像消防車來了。村子裡的鵝和雞嚇得揮翅亂飛，狗不停地吠叫，所有的人都跑出來。「學生來了！大城市的學生來了！」我們早上八點從學校出發，當我們停在當地的公所前面時，已經是二點三十分了。

村長出來迎接我們，憲兵向我們行軍禮，村裡的老師當然在場，牧師也從遠處正跑來，他遲到了。牧師圓圓胖胖的，看起來是一位友善的先生。

村長打開地圖，把我們紮營的地點指給我看。不疾不徐地走過去的話，大約需要一個小時。「中士已經在那邊等了，」憲兵隊長說，「一大早兩個先鋒就已經開著先鋒車把帳篷送上去了！」

當學生們陸續下車，檢視他們的行李時，我還在看地圖：這個村子位在海拔七六一公尺的高度，我們已經距離二千公尺高的真正高山群很近了。高山群的後面才是真正高聳陰森，頂著萬年冰雪的大山。

「這是什麼？」我指著地圖上一個有建築群的點問鄉長，地圖上這個點位於村子的西緣。「那是我們的工廠，」鄉長說，「這一整個區域裡最大的鋸木廠，可惜幾年前停工了，因為利潤的問題——」他笑笑，補充道，「現在村子裡有很多失業的人，情況很嚴重。」

村裡的老師也加入談話，他跟我解釋，鋸木廠屬於一個財團。我注意到他並不喜歡這些股東和董事。我也不喜歡他們。村子很窮，他繼續跟我解釋，村子裡一半的人靠家庭代工令人生氣的低賤工資生活，三分之一的孩子營養不良——

「是這樣沒錯啦，」憲兵隊長微笑說，「但是一切都在這麼美的大自然之中！」

我們動身前往營地之前，牧師把我拉到一邊說：「老師，請聽我說，有件小事我想提醒您一下：距離營地一個半小時路程的地方有一座城堡，國家把它買下後，現在安置了一些女孩在那裡，她們大約是你學生們的年紀。而且這些女孩整天在外面跑，半夜也不進去睡覺。請稍微留意，別讓我收到任何投訴。」——他微笑著說。

「我會注意的！」

「沒有冒犯的意思，」他說，「但是如果您在懺悔室裡度過了三十五年，您也會對一個半小時的距離感到不安的。」他笑道。「有空來我這兒吧，老師，我最近得到一瓶很棒的新酒！」

三點的時候我們開步出發。首先穿過一道峽谷，然後爬上右邊一個斜坡，斜坡是蛇紋岩的質地。我們回望山谷，山谷中瀰漫著樹脂的味道，森林分布得很長。視線終於比較敞亮了：我們的營地就在前方的一片草原上。而大山，離我們愈來愈近了。

中士和兩個先鋒坐在帳篷的帆布上打牌。當他們看到我們到來時，迅速地起身，中士行軍禮向我介紹他自己，他是一個大約五十歲的後備軍人。他戴著簡樸的眼鏡，應該不是一個粗人。

從現在開始，要工作了。中士和先鋒們教男孩們如何搭帳篷，我也在一旁幫忙。在營地中間，我們留下一個四方形的空地，在空地上升起我們的旗幟。三個小時後，營地建好了。先鋒們行禮道別，下山進村。

旗桿下躺著一個大箱子，箱子裡面是槍。射擊目標已經設置好了，是穿著陌生制服的木製士兵。夜晚降臨，我們生火煮飯，食物很美味，然後我們唱軍歌。中士喝了一杯烈酒後，聲音變得沙啞。現在，山風吹來了。

「這陣風是從冰川來的。」學生們一邊說一邊咳嗽。

我想起死去的W。

是啊，你是班上個子最小的——但也是最友善的。我相信你一定是唯一一個沒有寫黑鬼的學生。也因為如此，所以你必須離開。你現在在哪兒呢？

天使把你接走了，像童話故事一樣嗎？他帶著你飛到所有有福的足球員踢球的地方？守門員在那裡是一個天使嗎？尤其是裁判，當有人追球時會吹哨子的裁判，也在那裡嗎？吹哨子是因為在天堂裡，那算越位犯規。你看球的位子好嗎？那是當然的啊！在上面那裡，每個人的位子都是看台第一排中間，不像以前，那些可惡的管理員老是把你從球門後趕開，現在他們都只能站在巨人後面，看不到球場了。

夜深了——

我們就寢。「明天開始要認真了！」中士說。

他和我同睡一頂帳篷。我再一次開亮手電筒，為了看現在幾點，卻發現在帳篷邊緣我的床位旁邊有一塊棕紅色污漬。

這是什麼？

不是明天才開始來真的嗎？是，這是真的。旗桿下的箱子裡，戰爭躺在裡面。對，戰爭。

我們站在戰場上。

我想到那兩個前鋒，想到必須喊口號下達命令的後備隊中士，想到學習射擊用的木製士兵；我想起校長，想起N和他去找菲利皮的麵包師傅父親；我腦中浮現不能再鋸木的鋸木廠，想到雖然工廠不再運作，錢卻賺得更多的股東，想到微笑著的憲兵隊長，想到喝酒的牧師，想到活著沒有用的黑人，想到無法養活家庭的家庭代工，想到監督機構，想到營養不良的孩子們。而且想到魚。

我們所有的人都站在戰場上。但是，前線在何方？夜風徐徐，中士在打鼾。
這是什麼樣的棕紅色污點？是血嗎？

行軍的維納斯

太陽來到，我們起床。我們在河裡洗漱，然後煮茶。吃完早餐後，中士讓學生們按照高矮排成兩列。他們數數後，中士將他們分成小隊與小組。「我們今天還不射擊。」他說，「我們今天作訓練！」

他很嚴格的檢查，行列是否筆直。他瞇著一隻眼睛調整隊伍：「往前一點，往後一點——尤其是後面第三個，你離後面的人有一公里遠，站得太前面了！」第三個是Z。站成一條直線是有多困難，我不禁想。突然我聽到N的聲音，他大罵Z：「站進來一點，白癡！」

「不不不，不可以喲！」中士說，「我們怎麼可以這麼粗魯呢！曾經有一段時間士兵被認為是粗魯、沒有教養的，但是現在我們要行為優良，不能罵人，知道嗎？要記住哦！」

N住口不語，臉漲得通紅，並且快速地看了我一眼。現在他想馬上掐死你，我猜想，因為丟臉出洋相的是他。我心裡其實很高興，但我臉上並沒有露出一絲微笑。

「大隊——前進！」中士下達口令，大隊於是開始移動。在前面的是高個子，後面是小個子。很快的，他們消失在樹林裡。有兩個學生和我一起留守在營地，M姓裡的一位和B姓裡的一位。他們在削馬鈴薯煮湯，一邊削一邊愉快地哼歌。

「老師！」M突然叫我。「看！那邊有什麼東西過來了！」我看過去：大約二十個少女正往我們這邊以軍隊行軍的方式前進，她們背上馱著沉重的背包。當她們走到比較近的距離時，我們聽見她們在唱歌。她們用像蟲一樣啁啾的女生高音在唱軍歌，B大聲笑出來。現在她們看到我們的營地了，便停下腳步。她們的女老師跟女孩們交代了一下，就朝著我們這邊走過來。我們之間相隔大約二百公尺的時候，我也迎著她走過去。

我們互相自我介紹，這位女老師來自省裡一個比較大的城市，這些女孩們是她的班級，她們現在住在一個城堡裡。她們就是那一群牧師警告過我的女孩們。

我陪同我的同事走回去，女孩們像草地上的母牛一樣瞪著我看。啊！牧師先生其實不需要擔心，說真的，這些女孩看起來並不怎麼樣。

她們滿身大汗、全身髒兮兮而且蓬頭垢面，這些女孩並不是什麼賞心悅目的景象。

女老師似乎猜到我腦袋裡在想什麼，在猜測心思這方面，她還是擁有女人的直覺。她接著向我解釋：「我們不戴金也不戴銀，我們訓練的原則是注重實用技能，而不是外表的美麗。」

我不想和她爭辯什麼原則不原則的，所以我只回了一聲：「哦！」暗地裡我卻心想，和這些可憐的野獸相比，即使是N都還更像是一個人類。

「我們是亞馬遜女戰士，」女老師繼續說下去。但是亞馬遜女戰士只是傳說中的族類，妳們可是現實裡的女人。唉！夏娃誤入歧途的後代！

我想起朱利歐・凱薩。

他無法欣賞背背包的維納斯，我也不行——

她們繼續前進之前，女老師還告訴我，女孩們今天上午將去尋找失蹤的飛機。為什麼？有飛機墜落嗎？不是的，「尋找失蹤的飛機」只是一項給新一代少女的軍事運動遊戲。先把一個白色的大箱子藏在灌木叢的某個地方，女孩們排成一排，穿過灌木叢去尋找這個被藏匿的箱子。「這是為了戰爭設計的遊戲，」她更詳細地補充，「如果飛機真的墜落了，我們就能夠馬上投入任務。當然是在後方，可惜！我們婦女很遺憾無法到前線去。」

可惜！

然後她們繼續以軍隊行軍的方式離開了。我看著她們的背影：這麼多的行軍讓本來就短的腿更短了，而且更粗。

繼續前進吧，未來的母親們！

雜草

天空輕柔，地上雪白，世界是一幅名為「四月」的水彩畫。

我繞著營地走一圈後，選了一條田間小徑走下去。山丘之後，藏著什麼？小徑弧度很大，它沿著灌木林的外圍伸展。空氣靜止，如永恆的寂寥。沒有蟲鳴，沒有鳥叫。大多數的甲蟲仍在沉睡。

山後一個窪地上有一座孤單的農場，人影一個不見，似乎連狗都離開了。我正要往下走，卻不自覺地停了下來，因為我突然間看到沿著農場小路旁邊的樹籬後面有三個人影，是躲起來的三個小孩，兩個男孩、一個女孩。男孩應該有十三歲了，女孩也許比他們大兩歲，他們腳上都沒有穿鞋。他們在那裡做什麼？為什麼要躲起來？我等著。現在其中一個男孩站起來走向農園，突然他嚇了一大跳，迅速爬回樹籬後面。我聽到一輛車嘎嘎在響，一輛拉木材的馬車緩緩地走了過去。當車子走得看不見了之後，男孩重新走向農莊，他走到木製的大門前，敲了一下。他敲門時用的一定是槌子，我猜想，因為聲音非常大。他側耳傾聽，另外兩個也是。女孩拚命伸長脖子，想從籬笆上看過去。我料想她個子很高，而且很瘦。這時小男孩又再敲一次門，敲門聲這次更響。門開了，一個老農婦出現，拄著拐杖彎著腰走出來。她環顧四周，似乎在聞嗅什麼。小男孩大氣都不出，老婦突然大喊：「到底是誰？」男孩明明在她面前，為什麼她還這樣大叫？她又再次大嚷：「到底是誰在外面？」她用拐杖點地試探，走過男孩身邊，好像沒有看見他——她是瞎子？女孩的手指著開著的門，看來似乎是下令，而男孩便躡手躡腳溜進屋裡。老婦仍在原地豎耳傾聽。沒錯，她是盲人。現在屋裡叮噹在響，好像有盤子碎裂了。眼盲的老婦嚇得縮成一團，大吼：「救命啊！救命啊！」——女孩衝出來，跑去摀住她的嘴。男孩帶著一條麵包和一個瓶子出現在門口，女孩把老婦手中的拐杖打掉——我急忙跑過去。老盲婦搖搖晃晃、跌跌撞撞，終於摔倒，三個孩子消失得無影無蹤。

我費力地扶起老婦，她咿咿哦哦地在呻吟。一個農人趕過來，他聽見喊叫而來幫我。我們把她扶進屋裡，然後我跟農人敘述我看見的事情經過。他沒有特別驚訝：「哦，他們把我媽媽引誘出來，門開了他們就可以進去。總是同一批壞蛋，只是抓不到。他們像烏鴉一樣到處偷竊，一群強盜！」

「孩子們是強盜？」

「對，」農人點頭，「還有城堡那邊，女學生住的地方，他們也去偷。才不久以前，幾乎全都被偷光了。小心哪，別讓他們到您的營地去拜訪！」

「不會的，我們會注意的！」

「我相信他們什麼都做得出來，他們是雜草，應該被割掉！」

我走回營地。盲眼的老婦已經平靜下來，還對我表示感謝。謝什麼呢？她跌倒在地上，我不能置之不顧，這不是理所當然的事嗎？社會秩序大崩壞，這些孩子們！

我突然停下腳步，因為我對自己的情緒感到奇怪。對於這種敗德的行為，我沒有發怒，更沒有生氣麵包被偷，我只是給這種行為判定了一個說法。為什麼我沒有怒氣？因為他們只是沒有東西吃的可憐的孩子？不，不是這樣的。

小徑繞的彎很大，我離開路徑直接走直線。我的方向感很好，不走在道路上也不會迷路，也能夠回到營地。

我穿過灌木叢，這裡到處是雜草。我一直在想那個伸長脖子，拼命越過籬笆往農莊裡面看的女孩。她是強盜群裡的老大？我很想看看她的眼睛。不，我不是什麼聖人。

矮樹叢愈來愈茂密難走。

什麼東西在那裡？

一個白色的箱子。箱子上有紅色的字體，寫著：「飛機」。哦——，那一架失蹤的飛機！她們還沒有找到。

原來你墜毀在這裡，你是一架空戰機還是防禦射擊機？你是炸彈嗎？現在你躺在這裡，已經摔爛、燒焦、變成一團黑碳，箱子啊箱子！

還是你仍活著？受著重傷，而她們找不到你？你是敵機還是我們自己的飛機？你為了什麼而陣亡，失落的飛機？

箱子！

接著我聽到一個聲音：「這是沒有人能夠改變的。」——那是一個女性的聲音，悲傷而溫暖。這個聲音是從灌木叢裡傳出的。

我小心地撥開樹叢的枝椏。

樹叢裡坐著住在城堡裡的兩個女學生，腿又短又粗的那一群。兩個女孩一個手裡拿著梳子，另一個在哭泣。

「失蹤的飛機關我什麼事？」她哽咽地說，「為什麼我必須在樹林裡跑來跑去？看，我的腿腫成這樣，我不要再行軍了！要是我能說什麼的話，飛機掉下來就掉下來，墜毀就墜毀吧，我也想活下去！我要走了，安妮（Annie），我要離開！我不要繼續在城堡裡過夜了，那裡簡直就是監獄！我想洗澡、梳頭髮！」

「好了，別哭了，」她一邊安慰安妮，一邊梳理黏在她淚濕的臉上油膩的頭髮。「我們不過是無足輕重的少女，能怎麼樣？甚至我們的老師最近也在偷偷地哭泣。媽媽總是說，男人失心瘋了才會訂出這種律法。」

我的耳朵豎起來了！男人？

現在安妮親吻她朋友的額頭，而我覺得有點尷尬。我今天怎麼這麼容易陷入這種可笑的情境！

是啊，安妮的母親說得很有道理。男人的確是瘋了，沒瘋的也提不起勇氣來把喧嘩吵鬧的瘋子塞進約束衣裡。

是的，她是對的。

即使是我，也沒有勇氣。

回家去！

我踏進營地，馬鈴薯削好備著，湯在沸騰了！隊伍已經回營，學生們情緒仍然非常高昂，只有中士在抱怨頭疼。他的體力有點透支，但是他不願意承認。突然間他問我：「您覺得我幾歲，老師？」

「大概五十吧。」「六十三。」他感覺被奉承，笑了。「世界大戰的時候，我都已經是戰時後備軍了。」我很怕他開始敘述他戰爭時期的經歷，但是我多慮了。「我們還是別聊戰爭吧，」他說，「我有三個成年的兒子。」他若有所思地望著遠山，吞下阿斯匹靈。他是一個有人性的人。

我告訴他那夥少年盜匪的事，他跳起來，馬上召喚學生集結成隊伍。他對著學生們發表演說：夜間必須派駐守衛，一組四個男孩，每組輪班兩個小時，東、西、南、北邊各一個人。營地必須好好捍衛，最好用我們的鮮血，我們要戰鬥直到最後一個人！

少年們大聲歡呼：「耶！」

「奇怪，」中士說，「我的頭現在不痛了——」

中飯吃過後，我下山到村子去。我必須和鄉長釐清各類不同的問題：一些例行手續以及食品補給事宜，畢竟沒有吃的，人就生存不了。

在鄉長那邊，我遇到牧師。他堅持我一定要跟他去他那裡，嘗嘗非常棒的美酒。我平時喜歡喝一點，而牧師又是一個親切的人。我們穿過村子的時候，農人一一向他問候。去教堂的路上，他帶著我走捷徑。現在我們偏離主道轉入小巷，這裡不見農民了。「這裡住的人家都是做家庭代工的。」牧師望向高高的天際，說道。

灰色的房子緊密地排排站，從敞開的窗戶望進去，裡面坐著的都是臉色蒼白、老練的孩子，正在給彩色的玩偶上色。這些孩子們的身後都是漆黑一片。「他們為了省電不開燈。」牧師說，並且繼續補充：「他們在忙著趕工，沒有時間跟我打招呼。」突然間他開始加快腳步，我欣然跟上。

孩子們瞪著大眼看我，眼神奇異。不，這種眼神不是魚的，也不是嘲諷，而是仇恨。在仇恨的背後，悲傷坐在陰暗的房間裡。他們不開燈，是因為他們沒有燈。牧師的居處在教堂旁邊。教堂是一座嚴謹的建築，而牧師的房子則輕鬆愜意地站在旁邊。墓園圍繞著教堂，但是牧師的房子是被花園圍繞著的。教堂的高塔裡鐘聲噹噹，藍色的煙霧從牧師家屋頂上的煙囪裡升起。埋葬逝者的墓園裡，白色的花朵盛開，而牧師的花園裡則栽種著蔬菜。那邊立著十字架，這邊站著小陶俑——臥著的鹿、一朵蘑菇。

牧師房子裡很乾淨，空中沒有任何一顆塵埃在飛舞。在它旁邊的墓地裡，一切都化為塵土。

牧師領著我進入他最美的房間。「請坐！我去拿酒來。」

他到地窖去，我獨自留在房間裡。

我沒有坐下。

牆上掛著一幅畫。

我認得這幅畫。

我父母親的家裡也掛著相同的一幅。

他們是很虔誠的信徒。

那是戰爭的時候，當時我失去了信仰，心中不再有神。也許要讓一個青年在年少氣盛的年歲中理解上帝竟然讓世界大戰這種事情發生，這個要求太多了。

我繼續看著這幅畫，畫中有一道閃電劈過黑色的天空，右邊站著一個戴盔穿甲的軍人，是一個羅馬軍隊長。耶穌掛在十字架上，祂已經死了。瑪麗亞在哭泣，約翰尼斯（Johannes）在安慰她。

我看著這幅畫的同時，渴望家鄉的情緒慢慢升起。我想重新變成一個小孩。

當暴風捲起之際，望向窗外吧，當烏雲密布，閃電交加，當冰雹墜落。

當天色漸暗時，我想起我的初戀。我並不想再見到她。回家去吧！

然後我想起那一條長凳，我坐在長凳上，苦苦思考：你想成為什麼人？老師還是醫生？

比起醫生我更想當老師，比起治癒病人，我更想給健康的人一些東西，例如一塊小小的石頭，讓人能夠建設更美好的未來。

烏雲快速地聚攏，要下雪了。

回家去吧！

回家去吧，回到你出生的地方。在這個世界上，你還有什麼好追尋的？對我的職業、工作，我不再懷抱熱情。回家去吧！

尋找人類的理想

牧師的酒嘗起來有太陽的味道，但是蛋糕味道像在吃焚香。我們坐在角落。他帶著我在他的房子裡瀏覽了一圈。

他的廚娘挺胖的，想必很會做菜。

「我吃得不多。」牧師突然說。

難道他猜得出我在想什麼？

「因為吃得少，反而喝得更多。」他笑著說。

我不太笑得出來。酒是好酒，卻不好下嚥。我想高談闊論，但一直結結巴巴，好像總是有什麼在拘束著我。怎麼會這樣？

「我知道您心裡在想什麼，」牧師說，「您在想那些坐在窗邊給玩偶上色、不跟我打招呼的孩子們。」

是的，我也在想這些孩子們。

「我猜到了您的心思，您似乎很驚訝。但是這一點都不難，因為村裡的老師不論看到什麼，眼裡都只有那些孩子們。我只要一遇到他，就有一場好辯的交談。什麼事情都可以跟我說，我不屬於那些根本不會傾聽或者容易發怒的牧師。我贊同聖依納爵（**St. Ignatius**，譯注：耶穌會創始人）的觀點，他說：『每個人，我都和他們一起從他們的門進去，以便把他們從我的門裡帶出來。』」

我微笑了一下，沒說什麼。

他將杯子裡的酒喝完。

我期待地看著他，對整件事我還不完全了解。

「造成這個困境的原因，」他繼續說下去，「不是我喜歡喝酒。而是因為鋸木廠不再鋸木頭的關係。我們村裡的老師覺得，由於技術的快速發展和完全新型的財富支配控制，我們需要不同的生產條件。他是對的。您為什麼這麼驚訝地看著我？」

「我可以坦率地說出我的想法嗎？」

「當然，這還用問！」

「我以為教堂是站在有錢人的那一邊。」

「您想的沒錯，因為教堂必須站在富人那一邊。」

「必須？」

「在您的認知中，有哪個國家不是由富有之人統治的？「富有」當然不是「有錢」的同義詞——就算鋸木廠持股票的股東沒有了，還是會有其他的富人來統治。股票不能定義富不富有，總是會有一些人，他們擁有值錢的東西比其他人所擁有的總和還要多。肩章上星星比較多，臂章上槓條比較多，胸前勳章比較多，可以看見的或者看不見的；貧窮和富有一直都會存在，就像愚鈍和聰慧也是一樣。而教堂很遺憾地，老師啊！它並沒有被賦予權力決定一個國家應該如何被治理。但是，站在國家這一邊，卻是教堂的義務，可惜國家永遠都是富人在統治。」

「教堂的義務？」

「因為人天生是群體生物，不能獨立在家庭、社會與國家之外。國家是一個純粹由人組成的機構，這個機構唯一的目的應該是盡可能地創造世俗的幸福。從自然的角度來看，國家是必需的，也就是說這是上帝的旨意，服從上帝是道德良知的義務。」

「您不可能認為今天我們的國家是在盡可能地創造世俗的幸福吧？」

「我絕對不是這個意思，因為整個人類社會都是建立在自私、虛偽和蠻力之上的。帕斯卡（Pascal）是怎麼說的？『我們渴望真理，卻發現我們心中只有無法確定的不安。我們尋求幸福，找到的只有痛苦和死亡。』您很驚訝，一個簡樸的鄉下牧師居然引用帕斯卡的語言——好吧，您其實不用驚訝，因為我不是一個簡樸的鄉下牧師，我只不過是被調到這裡來待一段短時間。也就是俗話所說，我的調遷是某種懲罰——」他笑道：「是啊，成為聖人的人很少從來沒有發生過不聖潔的事，一個智者也不會從來不犯傻！而我們若不做點無傷大雅的蠢事，也不算是活在這個世界上。」

他輕聲地笑著，我沒有跟著笑。

他又喝乾了一杯。我陡地衝口問他：「如果國家的秩序是上帝的旨意——」

「錯！」他打斷我的話。「上帝的旨意不是國家的秩序，而是國家是自然本質所必需的，這才是上帝的旨意。」

「這不是一樣嗎！」「不，這是不一樣的。上帝創造自然，而自然本質所需的，才是上帝的旨意。但是創造自然造成的後果，在這件事上而言就是：國家秩序是人類自由意志下的產品。換言之，只有國家才是上帝的旨意，國家秩序不是。」「若是國家瓦解了呢？」

「國家絕不會瓦解的，最多是國家的社會結構消解，讓出地方給新的結構。國家本身會一直存在，即使組建這個國家的人民死了。但是，還會有另外的人民進來。」

「那麼國家秩序崩潰不會是自然本質所需吧？」

他微笑：「有的時候這種崩潰甚至是上帝所要的。」

「那麼，當一個國家的社會結構崩潰時，為什麼教會總是站在富人那一邊呢？也就是說，在我們這個時代，為什麼教會總是站在鋸木廠的股東那一邊，而不是站在窗戶裡的孩子這一邊？」

「因為富人永遠是勝利的一方。」

我無法控制自己：「還真是完美的道德規章！」

他不為所動，冷靜地說：「正確思考的話，這是道德規章的原則。」他又喝完杯中的酒。「是的，富人永遠會戰勝，因為他們是比較殘暴、卑鄙、比較沒有良心的人。《聖經》裡不是記載了，駱駝穿過針眼可是比富人上天堂還容易。」

「那教會呢？教會穿得過針眼嗎？」

「穿不過去，」他說，臉上繼續掛著微笑，「不太可能能夠穿過去的，因為教會本身就是那個針眼。」

這個牧師真是聰明得可怕，我心裡想，但是他想得不對。他的想法是不對的！我說：「教堂服務富人，連考慮都不考慮替窮人抗爭——」

「教會也替窮人抗爭的，」他插話，「只是這場爭戰的前線在別的地方。」

「這道前線在天堂，是嗎？」

「即使是那裡，也會有人殞落。」

「誰？」

「耶穌基督。」

「但是祂不是神嗎?!祂死了以後呢？」他幫我添酒，愣愣地發呆。「這是好事，」他輕聲說，「教會在很多國家都不好過，這對教會而言是好事。」

「可能吧，」我短促地回答，發覺我自己情緒激動。「我們的話題還是再回到窗邊孩子們的身上吧！我們穿過巷子的時候，您說：『他們沒有時間招呼我，他們很忙。』您這麼聰明，一定知道，這些孩子們不是很忙，不招呼您是因為他們沒有吃的能招待您！」

他瞪大眼睛看著我。

「我說他們很忙，」他緩慢地措詞，「是因為他們不再相信上帝。」

「您怎麼能要求他們還相信上帝！」

「上帝行過所有的路，即使是陋巷。」

「上帝如何能在行過之時看見這些孩子，而不幫助他們？」

他默默地，從容不迫地喝乾他的酒。然後他再次定定地看著我：「上帝是世界上最可怕的。」

我瞪著他，我有沒有聽錯？最可怕的?!

他起身走到窗邊，往外看出去。「祂在懲罰。」我聽到他說。這是什麼可悲的神，我心想，竟要處罰可憐的孩子！

牧師現在來回踱步。

「我們不能將上帝遺忘，」他說，「即使我們不明白，祂為什麼懲罰我們。

要是我們從來沒有自由意志就好了！」
「啊，您的意思是原罪（Erbsünde）！」
「對！」
「我不信這一套。」
他在我面前止住腳步。
「那麼您也不信上帝。」
「沒錯，我也不信上帝。」——
「請您聽我說，」我突然打破沉默，因為有些話我必須說出來，「我的授課科目是歷史，當然知道在耶穌基督出生之前還有一個世界存在——古典時期，古希臘文化的世界，原罪不存在的世界——」
「我認為你錯了，」他打斷我，走到他的書架前，翻開一本書。「既然您教授歷史，我想我不必告訴你，誰是第一位希臘哲學家，我的意思是：最古老的。」

「米利都的泰勒斯（Thales von Milet）。」

「是的。但是關於這個人物有一半以上都只是傳說，我們對他一無所知。我們所知希臘哲學的第一份書面資料，來自同樣出生在米利都這座城市的阿那克西曼德（Anaximander）——生於西元前六一〇年，卒於西元前五四七年。而且，這份資料不過只是一個句子。」

他走到窗邊。而窗外，天光開始變暗。他讀道：

「事物從何而生，也必按照各自的命運於此滅絕；因為所有的事物都必須為自己的存在這個罪孽，依據時序懺悔、贖罪和被懲罰。」

羅馬百夫長

我們在營地現在已經四天了。昨天中士向男孩們解釋了槍的構造，如何照顧以及如何清潔。今天他們整天在擦槍，明天，他們就要開槍射擊了。木製的士兵們都已經在等待著被擊中。

學生們全都體力充沛、興致高昂，而中士就不是這樣了。在這四天中，他老了十歲。再過四天，他就會看起來比實際年齡更蒼老了。而且他還絆到腳，甚至可能拉傷了一條筋，因為他走起路來一跛一跛的。

但是他忍住了痛苦，昨天睡覺之前才跟我說，他已經想玩九柱遊戲（Kegel）、打牌、躺在真正的床上、捏一個身材緊實女服務生的背，簡短地說，就是他想家了。然後他就睡著了，還打起鼾來。
他夢見自己是一個將軍，打贏了一場戰役。皇帝把所有的勳章都搬了出來，別在他的胸前。結果胸前不夠別，還別到背後去。甚至連皇后也跪下，親吻了他的腳。
「這個夢是什麼意思？」他一大早就問我。
「可能是您的願望。」我說。他說，他這一輩子從來沒有想過要皇后親吻他的腳。「我得寫信給我太太，」他愣愣有所思地說，「她有一本解夢的書，叫她找一下，將軍、皇帝、勳章、戰役、胸膛和背部，分別代表什麼意思。」
他在我們的帳篷前寫信的時候，有一個男孩大聲叫喊起來，非常激動，這個男孩是L。
「怎麼了？」
「我被偷了！」
「被偷？」

「有人把我的器材偷走了，老師，我攝影的機器！」

他完全嚇傻了。

中士望著我。怎麼辦？他的眼裡寫著問號。「集合所有的學生。」我說，我其實也想不出更好的做法。中士滿意地點頭，一瘸一拐地走到飄揚著旗幟的空地上，像一隻老雄鹿一樣咆哮：「集合！」

我轉向L：

「你有懷疑的對象嗎？」

「沒有。」

隊伍集結好了，我訊問他們，沒有人能說出所以然來。我和中士走進L睡覺的帳篷，他的睡袋位置就在入口的左邊。

我們什麼都沒有找到。

「我覺得不可能，」我對中士說，「我們的學生中有一個人是小偷，這是不可能的事。如果是這樣的話，在學期中就會已經有竊盜發生了，可是並沒有。我覺得，比較可能的是，守衛的人沒有善盡職責，讓強盜團夥潛入了。」中士覺得我說的話很有道理，我們決定在接下來的一晚要監督守衛的學生。但是，要怎麼監督？

離營地大約一百公尺的地方，有一個乾草堆。我們可以在那邊過夜，並從那裡監督。中士從晚上九點到一點，而我則從凌晨一點到六點。

吃過晚飯後，我們偷偷溜出營地，學生們沒有人發現。我在乾草堆中找到舒適的位置躺下——

一點的時候中士把我叫醒。

「到目前為止一切正常。」他報告道。我爬出乾草堆，隱匿在小屋的陰影下。陰影下？

對，沒錯！今天是滿月！

一個美麗的夜晚！

我看到營地，認出了守衛。現在他們正在交班。當班的守衛或者站著，間而來回走幾步。

東、西、南、北——每個方位各一個。他們在守衛他們的相機。

我這麼坐著的同時，想起在牧師那裡以及在我父母家中掛著的那幅畫。

時間過去。

我教授歷史與地理。

我必須解釋地球的形狀，並說明它的歷史。

地球仍然是圓的，但是歷史已經無法自圓了。

現在我坐在這裡，而且不能抽菸，因為我在監視守衛。

這是真的：我對我的工作、職業已經沒有熱情。但是為什麼我又再想起那幅畫呢？

因為被釘在十字架上的人嗎？不！

因為祂的母親？——不！突然間我明白了：因為那個戴著頭盔和穿著盔甲的戰士，因為羅馬的那個百夫長。

羅馬的那個百夫長怎麼了？

他負責主導處決一個猶太人。而當那個猶太人死去的時候，他說：「說真的，沒有人應該這樣死去！」

所以他認出了這個人其實是神。

但是他做了什麼？他得出什麼結果？他只是靜靜地站在十字架下。

閃電劃過黑夜，神殿的帷幔被撕裂，大地在震動——而他，只是站在一旁，什麼都沒有做。

當祂被釘在十字架上臨終時，他認出這是新的神，而且明白了，他的世界被判了死刑。然後呢？

他在某一場戰役中身亡了嗎？他知不知道他這一輩子會一事無成？

他對他的職業還有熱忱嗎？

或者他平安地老去了？他有退休金嗎？他住在羅馬城裡？還是市郊比較便宜的地方？

也許他在那裡有一棟小房子，花園裡站著一個陶俑小人。早晨時他的廚娘跟他閒聊，告訴他昨天邊界的另一邊出現了新的野蠻人，而少校家裡的廚娘露西亞親眼見到了這些人。

新的野蠻人，新的民族。

他們武裝準備，準備著。他們靜待時機。

而羅馬百夫長知道，這些野蠻人有一天會摧毀一切。但是他心中沒有波瀾，對他而言，一切早已毀壞。

他安靜地過著退休生活，他已經看穿了偉大的羅馬帝國。

髒污

月亮懸掛在帳篷正上方。

應該大約是半夜兩點了。我心裡想，城裡咖啡館應該還酒酣人喧，現在正是熱鬧的時候。

朱利歐・凱薩正在做什麼呢？

他會一直亮著他骷髏頭裡的小燈，直到魔鬼來把他帶走！

奇怪，我相信有魔鬼，卻不相信有上帝。

真的不信嗎？

我不清楚。啊，我知道了！我不願意相信祂！不，我不願意！

這是我的自由意志。
而且是我剩下的唯一的自由：相信或者不相信。
但是表面上我當然假裝我是相信的。
我視情況而定，有時候信，有時候不信。
牧師說什麼來著？
「牧師的工作，是幫人做好死亡的準備。因為如果人不再懼怕死亡，生活會輕鬆得多。」
光是這樣，他還覺得不夠。
「而且僅僅只有神聖的恩典和對啟示錄的信心，才能拯救我們於苦難和矛盾的生活中。」
藉口！「我們正在受懲罰，而且不知道為什麼。」
問統治的那些人去！
牧師現在又有什麼好說的？

「上帝是世界上最可怕的東西。」

完全正確！

閃過我心中的想法看起來都是可愛的。這些想法從我的腦中冒出來，它們用感覺將自己打扮得漂漂亮亮的，踩著舞步跳著舞，互相幾乎不會碰觸到。

一場精緻的舞會，封閉的圈子，社會！

在月光下，它們一對一對地旋轉著。

懦弱抱著美德，謊言擁著正義，不幸與強權配對，隱患與勇氣共舞。只有理智獨自一人，誰都不與它共舞。

理智把自己灌醉，又後悔不已，非常沮喪，不斷哽咽哭喊：「我怎麼這麼白癡……我怎麼這麼白癡……」

然後吐得滿地狼藉。

但沒有人在乎，大家避開髒污繼續旋轉。

我傾聽著舞動的樂音。

音樂是一支熱門的曲子，名字是：《各自在污穢中》。

依照語言、種族和國家分類，它們排排站互相凝視，只想著誰更大更高。它們臭到每個人各自都把鼻子摀住。

滿是大便！全都是污物！

將這些拿去施肥吧！

澆灌大地，讓大地能長出一些東西！

該長出的不是花朵，而是麵包！

但是別膜拜自己！

別去膜拜你們吃下肚的髒污！

Z和N

我幾乎忘了我的職責：坐在乾草堆前，不可吸菸以及監視守衛。

我往下看：他們在那邊守得好好的。

東邊西邊，南邊和北邊。

一切井然有序。

不，等一下！那邊好像有什麼事在發生——

什麼事呢？

在北邊。

那邊的守衛在和某人說話。在那個崗位上守衛的人是誰？

是Z。

他在跟誰說話？

還是那只是一棵杉樹的影子？

不，那不是影子，那是一個人形。

現在月光落在那個人形上：是一個男孩。一個陌生的男孩。

那裡在幹什麼？

那個陌生男孩似乎給了他什麼東西，然後男孩就消失了。

Z先是沒有動作，完全靜止地站在那裡。

他在傾聽嗎？

他小心地環顧四周，然後從口袋裡掏出一封信。哦，他收到了一封信！

他飛快地把信打開，在月光下讀了起來。

誰寫給Z的？

晨光顯現，中士問我有沒有看到什麼可疑的東西。我說，我沒有察覺到什麼奇怪之處，守衛們都很好地盡了職責。

信的事情我沒有說，因為我還不知道，這封信和被偷的相機是否有關聯。這還必須被澄清，在什麼都還沒有證明之前，我不想讓人懷疑Z。

要是能知道信裡寫什麼就好了！

當我們回到營地時，男孩們驚訝地迎向我們。我們是什麼時候離開營地的？

「半夜的時候，」中士謊稱，「而且大搖大擺地走了出去，你們守衛竟然沒有一個人看見我們。你們得要更警覺才行啊，像這樣粗陋的守衛，整個營地都會被人偷走。槍啊、旗幟啊，以及我們為什麼來到這裡的一切，都會失去！」

然後他讓隊伍集結，並問他們，是否有人察覺到什麼可疑的地方。

沒有人說話。

我觀察著Z。

他一動不動地站著。

信裡到底寫什麼呢？

信現在在他的口袋裡，我會讀到這封信的，我必須讀到這封信。

我應該直接問他嗎？

直接問是沒有用的，他會矢口否認，會把信撕毀、燒掉，這樣我就永遠讀不到那封信了。也許他甚至已經把信銷毀。還有，那個陌生男孩是誰？一個半夜兩點出現的男孩，而且出現的地方離村子有一小時路程那麼遠。難道他住在盲眼老婦家的那個農莊？即便是這樣，我也愈來愈清楚，那個男孩一定是強盜團夥裡的一員。

我又想到雜草。難道Z也是雜草嗎？他是罪犯嗎？

我一定要讀到那封信，我必須！必須！這封信愈來愈變成我的懸念。

砰！

今天他們第一次開槍射擊！

砰！砰砰！——R下午來找我。

他有一個請求。

「老師，」他說，「請您讓我去另一個帳篷睡，好嗎？和我同一個帳篷的那兩個人一直在互相爭鬥，我根本沒有辦法睡覺！」

「那兩個人是誰？」

「N和Z。」

「Z？」

「對，但是開始爭端的都是N！」

「叫他們兩個來找我！」

他走了，然後N來。

「你和Z為什麼總是在爭吵？」

「因為他不讓我睡覺，他總是把我吵醒。他經常已經半夜了，還點著蠟燭。」

「為什麼？」

「因為他在寫他的胡言亂語。」

「他在寫東西？」

「是的。」

「他在寫什麼？信嗎？」

「不是，他在寫他的日記。」

「日記？」

「是的。他是一個白癡。」

「他不會因為寫日記就是一個白癡。」

他拋給我一個想毀滅我的眼光。

「寫日記是典型高估自我的表現。」他說。

「也許是這樣沒錯，」我小心地回答，因為此刻我想不起來廣播中是否曾經宣傳過這類愚蠢的言論。

「Z還特別帶了一個小盒子，日記本就鎖在裡面。」

「請把Z叫過來！」

N離開，Z來到我面前。

「為什麼你和N總是爭吵？」

「因為他是一個粗俗、沒有教養的人。」

我停頓不語，腦中想起新富階級。

「是，」Z說，「他無法忍受別人思考、反省自己，這讓他發狂。我有寫日記的習慣，我把日記鎖在小盒子裡。幾天前他想把盒子砸壞，所以我現在總是把它藏起來。白天藏在睡袋裡，晚上拿在手上。」

我注視著他。

然後緩慢地問：「你當值去守衛的時候，日記藏在哪裡？」

他毫不動容，臉上沒有任何表情。

「還是藏在睡袋裡。」他回答。

「在這本簿子裡你寫下所經歷的一切事物？」

「是的。」

「你所看見、所聽見的？一切？」

他的臉漲紅。

「是的。」他輕聲地說。

我現在應該詢問他，信是誰寫給他的嗎？信裡寫了什麼嗎？不，因為我已經決定，我得讀一讀他的日記。

他離開，我看著他的背影。

他在審視自己，他說。

我想看看他在思考什麼，Z的日記。

亞當和夏娃

四點剛過，大隊便重新出發，甚至「炊事兵」這次也必須一起前往，因為中士要跟他們解釋如何挖掘壕溝，以及什麼樣的地面適合挖掘戰壕作避難掩護。自從他腳扭到以後，比起示範，他更喜歡用言語來解釋。

營地裡沒有留下任何人，只有我。

大隊一消失在樹林裡，我就進了Z和N就寢的帳篷。

帳篷裡躺著三個睡袋，左邊的睡袋上有一封信。不，這一封不是我要找的。「N・奧圖先生收」寫在信封上，「寄件人：N・伊莉莎白」——哦，麵包師傅的太太！我無法克制自己的好奇，我想知道媽媽寫了什麼給她的寶貝兒子。

她寫道：「我親愛的奧圖，謝謝你寄來的明信片。你父親和我知道你身體健康無恙後，很感到高興，繼續保持下去！注意，你的襪子不要又分家了！兩天之後你們要打靶射擊了嗎？我的天哪，日子過得真快！爸爸要我轉告你，你在打靶的時候要想著他，他可是他們隊伍中最好的射手。還有，曼帝昨天死了，想不到吧？前天牠還在牠的小籠子裡蹦蹦跳跳，那麼活潑，婉轉動人的鳴叫，逗得我們多麼開心，今天牠就死了。我不知道是不是有什麼傳染病在蔓延？可憐的小傢伙腿伸得直直的，我把牠放進爐火裡焚化了。昨天我們吃了很棒的鹿肉搭配蔓越莓醬。我們很想念你。你在那裡吃得好嗎？爸爸問候你。你要不斷地繼續寫報告給他，告訴他你的老師是否再度發出類似像上次那種關於黑鬼的言論。要緊緊咬住，不要放鬆！爸爸會收拾他，擰斷他的脖子！親親，我的寶貝兒子，你親愛的媽媽！」

旁邊的睡袋裡沒有藏東西。這裡睡的是R。那麼小盒子一定是放在第三個睡袋裡。

果然在這裡。

這是一個藍色的小錫盒，附有簡單的鎖。

盒子是鎖住的。我試著用鐵絲把鎖打開。

鎖很容易就開了。

盒子裡躺著信件、明信片和一本綠色的簿子——封面上金色的字母寫著「我的日記」。

我打開日記。

「聖誕節禮物。媽媽贈」

Z的母親是哪位？似乎是某位官員的遺孀。

然後才是第一段文字，寫的是聖誕樹——我繼續翻閱，一直看到復活節。他一開始每天都寫，然後是每兩天、每三天，再來就隔五天、六天寫一次。這裡，這裡有一封信！

就是這封信！信封皺巴巴的，沒有通訊地址及姓名，沒有郵票！

快！裡面寫什麼?!

「今天不能來，明天兩點來——。夏娃」

信裡的內容只有這麼多。

誰是夏娃？

我只知道亞當是誰。

亞當是Z。

我繼續讀日記：

「**星期三**

我們昨天抵達了營地，大家都很高興。現在是傍晚，昨天我沒有來得及寫日記，因為搭帳棚建營地把大家都累翻了。我們也立起一桿旗幟。帶領我們的中士是一個笨蛋，我們取笑他，他都沒有察覺。我們跑得比他快。還好我們幾乎見不到老師。他對我們也不感興趣，他總是面無表情地走來走去。N也是一個笨蛋，現在他已經第二次大喊大叫，要我吹熄蠟燭。但是我才不，不然的話我根本沒有時間寫日記，而我想給我的人生留下回憶。今天下午我們大行軍，一直走到山那邊。行軍去那裡的路上，我們經過了許多有洞穴的大岩石。突然間，中士下令，叫我們以守備隊形穿過灌木叢，對準標誌著記號、盤踞在山脊上有重機槍的敵人衝過去。我們分散開來，散得很開，但是灌木叢愈來愈密，忽然我的左邊和右邊隊友都不見了。我不但迷路了，還被樹枝割傷。我不覺又走到了有洞穴的大岩石前，我覺得我應該是在繞圈子。一個女孩突然出現在我面前。她的頭髮是暗金色，穿著粉紅色的襯衫。我感到很奇怪，她到底是從哪裡冒出來的。她問我我是什麼人，我告訴了她。她的身邊還有兩個男孩，都赤著腳，身上破破爛爛的。一個男孩懷中抱著一個大麵包，另一個手上拿著一個瓶子。他們滿懷敵意地看著我。女孩叫他們回家去，她要告訴我怎麼走出灌木叢。我很高興她願意指路，而且還陪著我一起走。我問她，她住在哪裡。她說，住在岩石之後。但是在我的軍事地圖上，那裡並沒有房子，而且這附近根本一棟房子都沒有。地圖不正確，她說。我們走著走著，已經到達灌木叢邊緣，我遠遠地可以看見營地。她停下腳步，跟我說她必須回頭了。如果在世界上我一個人都不說我在這裡遇到她，她就給我一個親吻。為什麼？我問。她說，她就是不想別人知道。我說好，她便在我的臉頰上親一下。我說，這樣不算，一個吻只有親在嘴上才是一個親吻。她便親在我嘴上，而且把舌頭伸進我的嘴裡。我說，她是一隻母豬，她的舌頭對我做了什麼事？她大笑，又給了我一個吻。我把她推開。她拾起一塊石頭，丟在我身上。石頭要是打到我的頭，我現在就死了，我跟她這麼說。她說，我要是死了，她一點都不在乎。那妳就會被吊死，我說。她說，她反正會被吊死。我突然有點害怕。她叫我靠近她一點。我不想表現懦弱，就靠近她。她突然抓住我，重新把舌頭伸進我的嘴裡。我很生氣，就拿起一枝樹枝打她。我打她的背、她的肩膀，但是避開她的頭、臉。她一聲都不吭，全身縮在一起，躺在那裡。我嚇了一跳，以為她死了。我走近，用樹枝撥她。如果她死了，我想，我就讓她躺在那裡，假裝什麼事都沒發生。我已經要離開的時候，察覺到她只是在裝死，因為她在對我眨眼睛。我快速地重新靠近，沒錯，她根本沒有死。我見過很多死人，他們看起來完全不是這樣的。七歲的時候我就見過一個死掉的警察和四個死掉的工人，那是一次罷工的時候。等著，我想，妳休想嚇唬我，妳才會被我嚇得跳起來——我小心地把手伸進她的裙子裡，然後突然把裙子拉高。她裙子底下沒有穿褲子。她還是不動，而我的感覺完全不同了。突然間她跳起來，野蠻地把我拉近她身邊。我已經有心理準備，我們於是做起愛來，旁邊是一個巨大的蟻丘。然後我向她保證，我不會告訴任何人我見過她，她便離開了。而我忘記問她，她叫什麼名字。

星期四

我們因為有強盜，所以設置了守衛。N又在吵鬧，叫我把蠟燭熄滅。他要是再鬧，我就揍他——我揍了他，他沒有還手。反而是R那個白癡，叫得好像被揍的人是他，膽小鬼！我只是生氣沒有和那個女孩訂下約定。我很想再見到她，再和她說話。我感覺到她今天早上在我下面，好像中士在命令「上」、「下」。我無法不想起她。只有她的舌頭我不喜歡，但是她說，習慣就好了，好像開車，習慣了就會開得很快。愛是什麼感覺啊?!我覺得，應該和飛行很接近吧，但是飛行的感覺也許更好。我不知道，我希望她此刻就躺在我身邊。我感覺很孤獨，她要是在就好了。要是她在，我不會再介意她把舌頭伸進我嘴裡了。

星期五

後天我們就要射擊打靶了，終於！今天下午我和N打了一架，我總有一天要殺了他。R在旁邊被波及，誰叫他這個白癡要擋路！但是這些都無所謂了，我腦袋裡現在只想著她，今天想得更厲害。因為昨天晚上我站衛兵時，她來找我了。一開始時我嚇一大跳，然後只感覺無限的喜悅，而且還覺得我開始的時候小題大作很丟人。她沒有察覺到，謝天謝地！她身上很香，聞起來像某種香水。我問她，她哪裡來的香水？她說是從村子裡的雜貨店來的。一定很貴，我說。哦，不，她說，一毛錢都不用。然後她擁抱我，我們又一次在一起。過程中她問我，我們現在在做什麼？我說，我們在做愛。我們是否還能常常做愛，她問。是，我說，還會非常頻繁。她是不是一個壞女孩？不是，她怎麼能這麼說！因為她已經半夜了，還來找我纏綿。沒有什麼女孩是聖潔的，我說。突然間我看到她臉頰上有眼淚，月光落在她的臉上。妳怎麼哭了？因為一切是這麼的陰暗，她說。陰暗？然後她問我，我是否還會愛她，如果她的靈魂已經淪喪？什麼意思？接著她跟我說，她沒有父母，12歲的時候去做某家的貼身女僕，但是男主人漸漸得寸進尺地侵犯她，她反抗不讓主人得逞。而女主人因為先生喜歡她，總是打她耳光、虐待她，她為了逃走便偷了錢，所以被送去少管所。但是她從那裡逃了出來，現在住在一個岩洞裡，而且看到什麼就偷什麼。村子裡四個不願意再畫玩偶的少年也和她住在一起，她是年紀最大的，是他們的領袖。可是對誰我都不能說她是這樣的一個人，不然的話，她會再被送進監獄的。我好同情她，而且我突然感覺到，我是有靈魂的。我把我的想法告訴她，她說，是的，她現在也感覺到了，她是有靈魂的。但是如果她現在和我在一起的同時，也偷了營地的東西，我不可以不理解她。我說，我不會不理解她，只是，我的東西她不能偷，因為我們是彼此相屬的。然後我們必須分開了，因為接班的守衛要來了。明天我們還會再見。現在我知道她叫什麼名字了：夏娃。

星期六

今天有大事件，L的相機被偷了。這有什麼大不了的，他的父親擁有三座工廠，而可憐的夏娃只能住在洞穴裡。冬天到了，她怎麼辦？N又因為太亮而大嚷大叫了。總有一天我要把他打死。

我等不及夜晚，等不及她的到來了！我要和她一起在帳篷裡生活，但是，不是在營地，而是只有我們單獨兩人！只和她！我對營地已經不再感興趣，什麼都沒有意思。

哦，夏娃，我會永遠照顧妳！妳不會再進監獄，不會，我向妳發誓！我會永遠保護妳！N在大叫，他說明天想把我的小盒子搗毀，有膽就來試試！這裡面藏著我內心最深處的秘密，這些秘密不關任何人的事。不論是誰，敢來碰我的小盒子，就得死！

判決

「不論是誰，敢來碰我的小盒子，就得死！」

這個句子我看了兩次，不禁露出微笑。

真是孩子氣！

我想要好好想一想我讀到的東西，但是我來不及。從樹林那邊傳來喇叭的聲音，我必須趕快，大隊要回來了。我匆忙將日記本放回盒子裡，想要鎖上。我左轉右轉，沒有用！盒子再也鎖不上，我把鎖弄壞了——怎麼辦？

學生他們馬上要到了，我把鎖不上的小盒子重新藏回睡袋裡，走出帳篷。除了這樣，我不知道還能怎麼辦。學生們現在到達了。

Z在行伍裡的位置是第四排，他踏著步走進營地。

原來你現在有女朋友了，她叫做夏娃。而且你知道，你的愛人在偷東西。但是你仍然發誓，要永遠保護她。

我又忍不住微笑，幼稚，幼稚得可憐！

大隊現在停下腳步，就地解散。

我現在知道你最內心的秘密，我想。但是，這麼想著的同時，我突然間無法微笑了，因為我的眼前浮現檢察官，他翻閱卷宗，控告罪名是偷竊和包庇。犯罪的不只是夏娃，亞當也要負起責任，Z馬上會被收押。

我該告訴中士，通知憲兵處？還是應該先單獨和Z談一談？

他現在站在造飯鍋邊，詢問晚餐吃什麼。他會被學校開除，而女孩會被送回少改所。

兩個人都會被監禁。

你要和未來說再見了！親愛的Z！

歷史上不乏更偉大的人物因為愛情而身敗名裂，因為愛情是自然所需求、上帝的旨意。我耳邊又響起牧師的話：「世界上最可惡的便是上帝！」接著我聽見一陣狂野的噪音、喊叫和鼓譟。所有的一切都指向一個帳篷。

這個帳篷就是藏著小盒子的帳篷，Z和N在裡面正打得難分難捨，旁人幾乎無法將他們分開。

N身上是紅的，血從他的嘴裡流出。

Z身上是白的。

「N把他的小盒子弄壞了！」中士朝我大喊。

「沒有！」N大叫。「我什麼都沒有做，不是我！」

「不是你還有誰？」Z大叫。「老師，您說，除了他以外還能有誰會做這種事？」

「說謊，你說謊！」

「就是他把小盒子弄壞的，不會有別人！他早就威脅過我，說要把我的盒子搗毀！」

「但是我什麼都沒有做！」

「不要吵了！」中士突然怒吼。

現場安靜下來。

Z仍然緊緊地瞪住N。

誰碰了他的小盒子，就得死，我腦中突然掠過這段文字。

我不由自主地抬頭往上看。

但天空是溫柔的。

我感覺Z真的會殺了N。

N似乎也感覺到了殺氣，他轉向我可憐兮兮地說：

「老師，我想搬去別的帳篷睡。」

「好。」

「他的日記，我真的沒有看。幫幫我，老師！」

「我會幫你的。」

Z瞪的人現在換成我了。你幫不了他的，他的眼裡寫著。

我知道，我判了N死刑。

但我只是想弄清楚，Z是不是跟盜匪結交，又不想沒有證據就輕易懷疑他，所以我才會打開小盒子。

為什麼我沒有坦白，告訴他我才是看了他日記的那個人？

不，現在不能說！不能在所有的人面前說！但是我終究會說出來的，一定會的！就是不能在眾人面前，因為我感到羞恥！我會個別跟他說的，男人對男人！而我也要跟那個女孩談一談，今天晚上，他見到她的時候。我會對她說，叫她走得遠遠的，不要再讓人看見。然後我會給這個愚蠢的Z好好地洗洗腦——就這樣！結束！

罪惡感像猛禽尋找獵物一般盤旋巡視，迅速地攫住我們。

但我會讓N脫罪的。

他的確什麼都沒有做。

而我會赦免Z的罪，還有，女孩也不會被處罰。我不會讓無辜的人們被判有罪的！

沒錯，神是可怕的，但是這次我不會讓祂得逞，我要阻止祂。

以我自己的自由意志。

全力地阻撓。

我會拯救我們所有的人。

而正當我在想這些的時候，我感覺到有人瞪著我。

是T。

兩只圓圓的淺色眼睛盯著我，沒有靈光，毫無閃動。

魚！這個念頭像電流一樣通過我的身體。

他仍然猶如小個子W同學下葬儀式那時候一樣地看著我。

淺淺地微笑，別有心機地，諷刺地。

他知道是我把盒子弄壞的嗎？

月球上的人

對我而言，這一天異常地漫長。太陽終於下山，傍晚來到，而我在等待黑夜。夜幕遲遲地掛出後，我偷偷溜出營地。中士早已鼾聲大作，沒有人看見我。雖然圓滿的月亮仍高高掛在營地上方，但是棉絮般陰暗的烏雲正從西邊飄移過來。天色不時變得異常黑暗，而銀色的亮光爭回主權的時間拉得越來越長。

營地離森林最近的地方，也是Z即將過來站衛兵的地方。我坐在一棵樹的後面，很清楚地可以看到這個崗位。

現在在崗位上的是G。

他走過來又走過去。

天上雲朵快速移動，地上一切似乎都在安眠。

天上風暴翻騰，地上無動於衷。

只有樹枝偶爾發出斷裂的聲音。

這時G會停下腳步，盯著樹林。

我可以直視他的眼睛，但他看不見我。

他害怕嗎？

森林裡總是有什麼在發生，尤其是夜裡。

時間過得很快。Z現在來了，他跟G打過招呼後，G離開。

Z自己一個人留下來。

他小心地觀察過四周後，抬起頭探望月亮。

月球上有一個人，我突然想到。這個人坐在月弦上，抽著他的菸斗，什麼事都不管。只有偶爾，他會朝我們吐口水，也許他有充分的理由這麼做。

大約兩點半的時候，女孩終於出現了。她是這麼地悄無聲息，直到她站在他的身邊時，我才發覺。她從哪裡來的？

她這麼直接就出現了。

現在她擁他入懷，他也展臂環繞她。

他們親吻。

女孩背對我，我看不見他。她應該比他高大——

現在我必須過去，跟他們兩個談一談。我小心地起身，避免讓他們聽到聲音，不然女孩就會跑掉。

而我也想跟她談一談。

他們仍在親吻。

這是雜草，必須消滅。這句話突然掠過我的腦海。

我看見眼盲的老婦蹣跚跌倒。

腦中那個女孩如何伸長脖子，想越過籬笆探看的畫面，我無法抹去。

她的背一定有美麗的線條。

她的眼睛是什麼樣子，我想看一看——

一朵雲掩蓋過來，一切變得陰暗。

雲朵不大，因為它有銀色的鑲邊。月亮又露臉時，我走過去。現在，又照耀著大地的，是月亮。

女孩全身赤裸。

他跪在她的身前。

她的膚色白皙。

我等待著。

我對她越來越有好感。

去吧！告訴他們，是你把小盒子弄壞的！是你，不是N！去吧，去！

我沒有移動。

現在他坐在一棵樹幹上，她坐在他的膝上。

她有一雙美麗的長腿。

過去啊！

對，現在馬上——

新的浮雲飄來，更黑的，更大的。這些雲朵沒有銀色的鑲邊了，而且將大地整個遮住。天空不見了，我什麼都看不見。

我豎起耳朵，有腳步聲穿過樹林。我屏住呼吸。

誰在那裡？

或者那只是天上下凡的風暴？

我連自己都看不見了。

你們在哪兒，亞當和夏娃？

你們應該靠額頭的汗水掙取麵包，但你們根本沒想到。夏娃偷了攝影器材，而亞當閉上眼睛不去守衛——

明天再說吧，我明天再跟Z坦白，明天一大早就跟他說我才是弄壞他的小盒子的人。明天，我一定不讓任何事情阻撓我！

即使上帝將幾千個裸女送到我眼前，我也要跟Z說清楚。——

夜色愈來愈濃密。

陰鬱與靜寂裹住我的腳步，緊緊抱住我。

現在我要回營地。

我小心地往前走——

我伸出探路的手摸到一棵樹，我閃過去。

我繼續摸索，突然間我嚇得縮手！

這是什麼?!我的心臟要停了，

我想大叫，很大聲地叫，但是我忍住了。

這是什麼?!

不，這不是一棵樹！

我伸長在身前的手觸摸到的，是一張臉。

我驚懼顫慄。

是誰站在我面前？
我不敢繼續往前走。
是誰?!
還是我弄錯了？
不，我太清楚地感覺到：鼻子、嘴唇——
我坐倒在地上。
那張臉還在那裡嗎？
等待吧，等月光再現！
別動！
雲上，在月球上的那個人在抽菸。
細雨飄落。
盡情地吐口水吧，月球上的人！

倒數第二天

天色終於轉灰，早晨來到。
沒有人站在我前面，沒有臉，什麼都沒有。
我偷偷溜回營地。中士肚子朝天，嘴巴張得大大的，睡得正香。雨點打在牆上，現在我才感覺到疲倦，睡吧！睡吧！
當我醒來的時候，大隊已經開拔了。我會跟Z說的，我會告訴他我才是弄壞盒子的人，不是N，等他回來的時候。
這是倒數第二天。
明天我們就要拔營，回到城裡去了。

雨正在狂暴地傾洩，只有短暫時候會停歇。
山谷中濃霧密佈，山群再也不見。
中午大隊回到營地，但不是所有的人都回來了。
N不見了。
他可能是迷路了，中士這樣覺得，而且他會找到路回來的。
我想著Z日記裡記載的洞穴，心中不安起來。
是恐懼嗎？
現在我必須馬上告訴他，真的是時候了！
Z坐在他的帳篷裡，正在寫些什麼。
帳篷裡除了他沒有別人。
當他看見我進來時，飛快地把日記本合上，戒備地看著我。
「啊，我們又在寫日記了。」我說，一邊試著微笑。他沒有說話，只是繼續瞪著我。這時我看到，他的手劃傷了。

他發覺我在觀察他的傷口，身體瑟縮了一下，把手插進口袋。

「你會冷嗎？」我問，眼睛還是盯住他不放。

他嘴巴閉得更緊，點頭表示是的，一抹嘲諷迅速掠過他的臉。

「聽著，」我慢慢地進入主題，「你覺得是N把你的小盒子弄壞的——」

「不是我覺得，」他飛快地打斷我的話，「就是他弄的。」

「你怎麼知道？」

「他自己這樣告訴我的。」

我看著他。他自己說的？但這怎麼可能？他並沒有弄壞盒子啊！

Z探詢地看著我，但是只是很短暫的片刻。然後他繼續說：「他今天早上跟我承認他把小盒子打開，用一根鐵絲，但是他沒辦法再把小盒子關回去，因為鎖被他弄壞了。」

「然後呢？」

「然後他請求我的原諒，我就原諒他了。」

「原諒？」

「對。」

他冷漠地看著前方。我不知道該怎麼辦了，但又想起他寫的句子：「誰碰我的小盒子，誰就得死！」

胡來，什麼亂七八糟的！

「你知道N現在人在哪嗎？」我突然問道，他冷靜不動。

「我怎麼會知道？他一定是迷路了。我自己也曾經迷路。」他站起來，作出不想再繼續談下去的樣子。

這時我看到，他的衣服扯破了。

我該告訴他，他說謊嗎？告訴他N絕對不可能跟他承認這件事，因為那個人是我，讀了他的日記的人是我——

但是Z為什麼要說謊？

不，我絕對不能往這方面想！

為什麼我不馬上就告訴他，昨天立刻就說，當他毆打N的時候！因為我覺得羞恥，因為我必須當著所有的學生面前承認，我用一根鐵絲把一個小盒子撬開，雖然我的用意是好的，當然！當然！但是，早上我為什麼會睡過頭啊？對，我坐在森林裡，也沒有開口！而現在，現在即使我開口，應該也是沒有什麼用了，太遲了！

是的，即使是我，也是有罪的。

即使是我也是那塊石頭，那塊絆倒他的石頭，也是深淵，他掉下去的深淵，我是懸崖，他失足落下的懸崖。為什麼今天早上偏偏沒有人叫醒我?!

我不想被判定為無辜，不想只是睡覺而不為自己辯護。我想以自由意志阻撓的計畫早已被付諸實行。

我想拯救所有的人，但是我們大家早已滅頂，沉沒在罪惡的永恆大洋之中。

鎖壞了到底是誰的罪責？再也鎖不上又是誰的罪責？

不論是開著的還是關著的，我都應該要坦白！罪惡感的路徑觸碰、交叉、糾纏不清。

這是一座迷宮，到處是鏡子的迷宮。這是市集，亂七八糟的市集！

進來逛逛吧，各位大德！

懺悔和被懲罰吧，你的存在就是罪孽本身！不用害怕，已經太遲了！下午我們所有的人都出發去尋找N。我們搜索了整個地區，大喊：「N！」，重複地喊：「N！」但是沒有回答。我也沒有期待會有回答。

當我們回到營地，天早已黑了。所有的人都又濕又冷。

「要是雨這樣繼續下下去，」中士咒罵著，「洪水就來了！」

我想到：當大雨停止，洪水消退時，上帝說：「我不會再為了人類懲罰大地。」

再一次我又問自己：上帝遵守了祂的諾言嗎？雨下得愈發凶狠。

「我們得向憲兵報備，」中士說，「N走丟的事我們得報告上去。」

「明天再說吧。」

「我不理解，老師，您怎麼能這麼冷靜？」

「我猜想，他只是迷路了。這裡很容易迷路的，而且也許他只是在某個農莊避雨過夜。」

「那附近沒有農莊，只有岩洞。」

我的注意力被引起，這個詞重新擊中我。

「我們只能希望，」中士繼續說，「他在某個岩洞裡好好坐著，沒有體力不支而倒地。」

是，希望如此。

突然，我想起來，我問中士：「您今天早上為什麼不叫醒我？」

「不叫醒您？」他大笑。「我叫了又叫，您只是躺在那裡，好像魂被鬼勾走了！」

沒錯！上帝是世界上最可惡的鬼。

最後一天

我們在營地生活的最後這一天，上帝降臨了。

我早已經在等待。

祂來的時候，中士和學生們正在拆撤帳篷。

祂的靈顯非常可怕。中士突然覺得噁心不舒服，他必須坐下休息。學生們驚恐地圍著他站著，嚇得不敢亂動。一段時間後，男孩們終於會動了，但卻愈來愈激動。

只有Z幾乎不動。

他眼睛看著地上，走來又走去。走動的距離只有幾公尺，並且一直來來回回地走。

然後所有的學生此起彼落地開始大聲尖叫，我的印象是如此。

只有Z一聲不吭，仍然是啞的。

發生了什麼事？

兩個在森林工作的人來到營地，他們是兩個背著背袋、鋸子和斧頭的伐木工人。他們說，他們找到一個少年。他們把少年的學生證帶來了。

是N。

他倒在岩洞附近的一個溝渠裡，離空地不遠，頭上有一個裂開的傷口。應該是被石頭打的，或者是被某一種鈍物撞擊到。

總而言之，他死了。死透透，死翹翹了。

是某人把他打死的，工人們這麼說。我跟這兩個工人下山去村裡，去找憲兵。我們策腿疾奔，上帝被我們拋在後面。憲兵致電給鄰近城市的檢察官，而我打電話通知校長。凶案組警察現身，並前往案發現場。

在案發的地方，N躺在溝裡。背朝上。

現在他被拍照。

警探們仔細搜索了附近，滴水不漏。他們在尋找凶器以及所有可能的線索。他們發現N不是在溝渠裡被擊斃的，而是離這條溝大約二十公尺的地方。為了不讓屍體被發現，他被拖進溝裡的痕跡清晰可見。而且凶器也找到了，一顆沾了血的尖銳石頭，此外跟石頭一起，還找到一支鉛筆和一個指南針。醫生判斷，石頭一定是近距離用力擊中了N的頭部，而且是從後面來的陰險攻擊。

N當時是在逃跑嗎？

N被殺之前一定發生了一場激烈的戰鬥，因為他的衣服被撕破，他的手也傷痕累累。

當警探們進入營地時，我立即看到了Z。他坐在一邊，我看到他的衣服也破了，手也滿是傷痕。

但我小心地噤口不提！我的衣服沒有被撕裂，我的手沒有傷口，但這都是我的錯！

警探們一一審訊我們。

我們誰也不知道罪行的來龍去脈。

當檢察官問我：「您沒有任何嫌疑犯嗎？」——我又看到了上帝。祂從Z睡覺的帳篷走出來，手裡拿著日記。

現在祂在和R說話，同時眼睛緊盯著Z。

小個子的R似乎看不到上帝，只能聽到祂的聲音。他的眼睛睜得越來越大，彷彿突然間看見新大陸。

然後我又聽到檢察官的聲音：「說話啊！您沒有任何懷疑的人嗎？」

「沒有。」

「檢察官先生，」R突然大喊，他擠上前來，「Z和N一直在打架！N讀了Z

的日記，這就是為什麼Z是他的死敵——他有一本日記，鎖在一個鐵皮做的藍色小盒子裡！」每個人都看著Z。

他低著頭站著，看不到他的臉。他的臉色是蒼白的還是漲紅的？他慢慢地往前走，停在檢察官面前。一切安靜下來。

「是的，」他平靜地說，「是我殺的。」

他哭了。

我看了上帝一眼。

祂在微笑。

為什麼？

而當我這麼問自己的時候，我再也見不到祂了。

祂又離開了。

共事者

明天審判開庭。

我坐在咖啡館的露台上看報紙。傍晚變涼，秋天來了。

許多天以來，報紙一直在報導即將到來的大事件。有一些報導被歸類在Z的謀殺審判之下，另外一些則在標題是N的謀殺審判下。報導類別裡有觀察、速寫、挖出青少年是事件中心的舊刑案、談論一般的青少年本身、預言，還有很多不知為何，怎樣都能扯回被謀殺的N和兇手Z身上的、各式完全偏離主題的報導。

今天早上，一位記者來到我家裡採訪我，現在出的晚報上一定已經刊登了。

我在報紙中尋找有我的那一頁，他甚至幫我拍了照。哦，有了，那不就是我的照片嗎！嗯，我幾乎認不出自己了。其實挺好看的，照片下方寫著：「老師怎麼說？」

是啊，我怎麼說？

「今天早上，我們的一名記者拜訪了春天時在帳篷營地，也就是當時發生年輕人重大悲劇的地方，擔任最高監督的市立中學老師。老師說，他感到謎團重重，到現在仍然非常困惑。Z一直是個聰明的學生，而且給老師的印象是他根本沒有任何的性格異常，更不用說有缺陷或者犯罪本能了。我們的記者向老師提出了一個嚴肅的問題，即這種罪行是否源自青少年的某種殘酷心理，但老師堅決否認。他說，今日的青少年絕沒有殘暴的傾向；相反的，由於普遍的經濟復甦，他們反而是非常認真負責、自我犧牲的，而且絕對忠貞愛國。這起謀殺案是一個令人遺憾的獨立事件，單一一起重新回到最糟糕的自由時代的事件。現在上課鈴響了，課間休息結束。老師聲明，他上課是為了將年輕的、思想開放的靈魂訓練成為珍貴的同志。謝天謝地，Z的案例只是例外，一個罪惡的個人主義的裂口！」

在採訪我的文章之後，是對中士的採訪稿。他的照片也在報紙上，但那是他三十年前的樣子。虛榮的傢伙！

那麼，中士怎麼說呢？「我們的同事還拜訪了事發當時的軍訓教官。軍訓教官，簡稱MA，以極其特別的禮儀接待了我們的同事。他的風姿威武，雖然略顯風霜但仍是挺拔的軍人。在他看來，這種行為是因為缺乏紀律。接著他詳細講述了遇害者被發現時的屍體狀況，雖然經歷過世界大戰，但他從未見過如此可怕的傷口。最後他說『身為一名老兵，我支持和平』來結束他富有啟發性的談話。」

「我們的記者另外還拜訪了反對忽略兒童的協會主席——煙囪清掃工師傅的夫人K氏。協會主席對這個案件感到深深的遺憾。她已經有幾天無法成眠，栩栩如生的夢境折磨著這位讚譽有加的女士。她的看法是，有鑑於社會苦難這些決定性的因素，現在是時候該設立更健全的懲教機構了。」

我繼續翻閱。欸，這是誰？哦，這是麵包師N，死者的父親！還有他夫人的照片也刊登出來了，伊莉莎白N，娘家姓氏S。

「您的問題，」麵包師傅對記者說，「我很願意回答。正直廉潔的法庭會查明我們可憐的奧圖是否不僅只是監管單位輕忽大意之下的受害者，我這裡所稱的監管單位指的就是帶隊的那個老師，教官不包括在內。這是統治的基本原則（Justitia fundamentum regnorum）。總的來說，我們應該對師資隊伍進行適當的篩選，在教師的隊伍中仍然充斥著偽裝良善的國家敵人。我們會去找校長菲利皮（Philippi）的，到時候再見！」

而麵包師夫人表示：「小奧圖是我的太陽，現在我只有我的丈夫了。雖然如此，小奧圖和我仍然心有靈犀，我現在加入了一個靈修社。」

我繼續讀下去。

在另外一份報紙上寫著：「兇手的母親住在一個有三個房間的公寓裡。她是大約十年前去世的大學教授Z的遺孀。Z教授是一位受人尊敬的生物物理學家。他對截肢後神經反應的研究不僅只在他的專業領域引起轟動，大約二十年前，他曾有一段長時間被反活體解剖協會視為主要攻擊目標。遺憾的是，Z教授夫人拒絕給我們任何信息。她只說：『先生們，難道您們自己不能想像我的心情嗎？』她是一位身材中等的女士，穿著喪服。」

在另一份報紙上，我發現了被告辯護律師的訪談。他已經找我談了三次，似乎對這個案子有高度的熱情。

他是一位年輕的律師，確切地知道什麼對他來說是有利的，什麼是有害的。所有記者的注意力都把焦點放在他身上。

這是一段很長的訪問。

「在這次萬人矚目的謀殺案審判中，先生們，」辯護律師開始他的訪談，「這場辯護的處境我們一個不小心，就會全盤皆輸。我不僅要用舌劍攻擊檢察機關，而且也要對被辯護的被告用計。」

「為什麼？」

「先生們，被告承認犯了針對被害人的罪行。這是過失殺人，不是謀殺，我請求大家一定要特別注意這一點。儘管年輕的被告供認不諱，但我相信他絕對不是作案的人。我相信他在掩護某個人。」

「您肯定不是想說，博士，罪犯另有其人？」

「是的，先生們，我認為一定是如此！除此之外，我有一種無法確切描繪的感覺一直在告訴我，在某種程度上，追獵犯罪分子的本能也是我能夠這麼斷言的具體原因。做案的人不是他！請各位想一想犯罪者的動機！他殺了他的同學，因為他讀了他的日記。但是日記裡寫了什麼？最主要的不過只是和一個墮落少女的情事。他護衛那個少女，血氣方剛不假思索地寫下：誰碰了我的日記，誰就得死！當然！當然！所有的線索都對他不利，但是話又說回來，也不是一切的線索都指向他一個人。先不說他認罪的方式所帶的俠義口吻令人感到詭異，再來就是之後他絲毫不談自己殺人的事，更是叫人起疑，不是嗎？實際發生了什麼事，他一個字都不說！為什麼他不告訴我們呢？他說，他不記得了。錯！他之所以不記得，是因為他根本不知道人是如何被殺的？在哪裡被殺的？以及他那令人惋惜的同學是什麼時間點被殺的。他知道的，只是凶器是一塊石頭。但是讓他在很多石頭中指認那一塊石頭，他又認不出來。先生們，他在袒護某個人！」

「但是撕破的衣服，受傷的手又怎麼說？」

「沒錯，他在岩洞那裡遇到N，兩個人打了起來，這件事他鉅細靡遺地告訴了我們。但是他之後悄悄地從背後偷襲，陰險地用石頭——不，不會的！一定是別人殺的，甚至這個別人還是個女的！」

「您的意思是那個少女？」

「沒錯！我就是說她！她控制著他，她仍然對他有絕對的影響力。他是她的奴隸。先生們，精神科醫生的證詞我們也將收集舉證！」

「那個少女也會作為證人被傳喚嗎？」

「當然！案發不久後，她就在一個岩洞裡被逮捕，早就被判刑了，她整個幫派都被抓了。我們還會見到夏娃，聽聽她有什麼好說的，也許就是明天。」

「審判過程需要多長時間？」

「我估計大概是兩到三天。被傳喚的證人雖然不多，但是如前所說，我將不得不與被告進行硬碰硬、激烈的腦力鬥爭！我一定會拚到底！他只會因為偷竊而被定罪——就這樣！」

是的，就這樣。

而上帝，則無人提及。

Z或N的謀殺審判

在法院門前站著三百人。他們都想進去，但是大門已經關閉，因為門票幾個星期前已經告罄。票在給出時完全不問資格，現在該進去的人反而因為沒有票進不去了。

走廊上擠得幾乎沒有通路可過。

大家都想親眼看到Z。

尤其是女人們。

這些女人看起來雖然冷漠優雅，但是只要是不會讓她們懷孕的災難，她們都有莫大的興趣。

她們和別人的不幸一起躺在床上，以假裝的同情來自慰。

記者席上擠滿了人。

被傳喚作證的是：N的父母，Z的母親，中士，R——跟Z與N睡在同一座帳篷的學生，兩個伐木工人——發現屍體的人，法醫，憲兵等等。

當然也有我。

而且自然也有夏娃。

但是夏娃人還不在法庭，她得先從被監禁的地方押送過來。

檢察官和辯護律師在翻閱檔案。

夏娃現在在單人拘留間裡等待傳喚。

被告出現，他身邊有一個警察陪同。

他看起來和往常一樣，只是臉色蒼白。他的眼睛一直在眨動，因為燈光讓他的眼睛很不舒服。

他的髮線分邊還算整齊。

他在被告席上坐下，好像在教室裡坐下一樣。

所有的眼光都集中在他身上。

他朝前看一眼，看見他的母親。

他瞪著她，他心裡在想什麼？

似乎什麼都沒在想。

他的母親幾乎不看他。

還是只是表面上看起來是如此？

因為她戴著層層的面紗，一層又一層的黑色，看不到臉。

中士跟我打招呼，問我看了訪問沒有。我說：「看了。」麵包師傅在一旁心懷惡意地聽著。

他一有機會就有可能把我打死。

用烤得很硬的麵包。

面紗

少年法庭的主審法官走進法庭，所有人都站了起來。他坐下，審判開始。

他看起來像是一個和善的祖父。

宣讀起訴書。

Z被控告的罪名是謀殺，不是過失殺人，而是陰險的預謀殺人。

像祖父的法官點點頭，好像在說：「哎呀，這些孩子們！」

然後他面朝被告。

Z站起來。

他報出自己的姓名來歷，一點也不生澀羞怯。

現在他不能按講稿來敘述他的生活，他害羞地看媽媽一眼，變得不自在了。就像所有的孩子一樣，他小聲地開始說著。他的父母像所有的父母一樣，並不特別嚴格。他的父親很早就去世了。

他是獨子。

他的母親拿出手帕拭淚，但是按在面紗上。

她的兒子敘述著，他長大後想成為什麼。啊，他想成為一個偉大的發明家。但是他只想發明小東西，例如：新式的拉鍊。

「非常實際，」法官點頭，「要是你發明不出東西呢？」

「那我要成為飛行員，郵務飛行員，最好是飛海外的。」

飛去黑鬼那裡，我不禁想。

而當Z敘述著他過去曾經夢想的未來時，時間越來逼得越近，那一天很快就會來臨，主欲降臨的那一天。

Z講述著營地的生活，射擊、行軍、升旗、中士和我。然後他說了一句奇怪的話：「老師的觀點對我來說，往往太不成熟。」

法官感到很驚訝。

「為什麼？」

「因為老師總是只說世界上應該是什麼樣子，卻從來不告訴我們，世界真正是什麼樣子。」

法官睜大眼睛看著Z。他是不是覺得，現在我們踩入了一個是廣播在統治的區域？在那裡，對道德的景仰被丟到廢鐵堆裡，而面對殘酷現實的我們則躺在塵土之中？是的，他感覺到了。因為他正在尋找一個有利的機會，能夠離開這個世界。他突然問Z：「你相信上帝嗎？」

「相信！」Z不假思索地說。

「那你知道第五誡是什麼嗎？」

「知道。」

「你對你犯下的罪感到後悔嗎？」

法庭內安靜無聲。

「有的，」他說，「我非常後悔。」

可是，從他口中說出的悔恨聽起來卻不像是真的。

審訊內容轉到謀殺發生的那天。

所有人都已經知道的細節，又令人厭煩地再次被仔細推演。

「我們很早就出發了，」這個Z已經講了一百遍，「然後我們大隊人馬很快地穿過灌木叢，朝標記著被敵人占領的山脊前進。在洞穴附近，我意外地遇到了N。那是在一個懸崖上。我大怒，因為N弄壞了我的小盒子，雖然他否認。」

「停！」法官打斷他。「你的老師在預審法官的檔案中記錄了你告訴他，N已經向你承認他弄壞了盒子。」

「那個只是我隨口說說。」

「為什麼？」

「這樣他才不會懷疑我，如果事情爆發的話。」

「喔，這樣啊，請繼續！」

「於是我們就打了起來，我和N，他差點把我摔下懸崖，我眼睛一紅，又跳起來，朝他丟了一塊石頭。」

「在懸崖上？」

「不是。」

「不是懸崖上的話，是在哪裡？」

「我忘了。」

他微笑。

從他嘴裡還是問不出什麼。

他想不起來了。

「那你從哪個時候開始可以把事件再回想起來？」

「我回到營地，把我和N打架的事寫進日記。」

「是的，那是你最後一篇日記，但是最後一個句子你沒有寫完。」

「因為老師來找我。」

「他找你做什麼？」

「我不知道。」

「他現在會告訴我們，他找你做什麼。」

法庭桌上放著Z的日記本、一支鉛筆和一個指南針。還有一塊石頭。

法官問Z認不認得這塊石頭？

Z點頭。

「這支鉛筆和指南針是誰的？」

「不是我的。」

「這是可憐的N的。」法官說完後，看了一下卷宗。「啊，錯了！只有鉛筆是N的，為什麼你不說指南針是你的？」

Z的臉漲得通紅。

「我忘了。」他輕聲道歉。

這時辯護律師站了起來：「庭上，指南針也許真的不是他的。」

「您這句話的意思是？」

「我的意思是，這個不屬於N而且極關鍵性的指南針，可能也不屬於Z，而是屬於某個第三者。請您詢問被告，案發之時是否確實沒有第三者在場。」

他重新坐下，Z迅速並且充滿敵意地看了他一眼。

「在場沒有第三個人。」他堅定地說。

辯護律師跳了起來：「沒有第三個人在場的這件事，他為什麼能夠記得那麼清楚，但是卻想不起來犯案的時間、方式和地點?!」

檢察官現在加入戰局。

「辯護律師似乎在說，」他諷刺道，「不是被告犯下謀殺罪行，而是巨大的未知。對吧，巨大的未知——」

「我不知道，」辯護律師打斷他的話，「是否可以將一個組織了強盜團的墮落女孩直接就稱它為巨大的未知——」

「不是那個女孩，」檢察官打斷他的話，「天知道她被問得有多徹底，我們還將傳喚預審法官作為證人，聽取他的證詞——除了這個不說，被告對罪行坦承不諱，甚至當場就承認，這在一定程度上也說明，人就是他殺的。辯方意圖讓事情看起來像是女孩殺了人，而Z只是在掩護她，這簡直是胡鬧！」

「我們等著吧！」辯護律師笑著轉向Z：

「在你的日記裡不是已經寫了，她拿起一塊石頭朝我扔——如果石頭打中的是我，我現在也許已經死了？」

Z冷靜地看著他，然後揮揮手做了一個漫不在乎的手勢。

「我太誇張了，那不過是一塊小石頭。」

突然間他精神一振。

「請別再為我辯護了，律師先生，我要為我所做過的錯事接受懲罰！」

「那你的母親呢？」他的辯護律師對著他大喊，「你一點都不考慮你的母親在遭受什麼樣的痛苦嗎？你根本不知道你在做什麼！」

Z站在那裡，低下了頭。

然後他抬起頭去看母親，幾乎是查問的眼光。

每個人都看著他們，但是因為她戴著面紗，他們什麼都看不到。

居住之地

法官在傳喚證人之前，下令休庭。現在是中午，法庭裡逐漸清空，被告被帶走。檢察官和辯護律師互相交換一個我一定會贏你的眼光。

我在法院前的庭園散步。這是一個陰天，又濕又冷。葉片凋零——是啊，又是秋天了。我轉彎後，停下腳步。

但我立即繼續前進。

Z的媽媽坐在長凳上，一動不動。

她是個中等身材的女士，我心想。

我不自覺地向她打招呼。然而，她沒有回應。

也許她連我都沒看到。

也許她的心神在別的地方——

我不信上帝的時期已經過去了。今天，我相信祂，但是，我不喜歡祂。我仍然可以看到祂在營地裡一邊和小個子R說話，一邊緊盯著Z。祂一定有一雙銳利的、充滿惡意的眼睛——眼神冰冷，非常的冰冷。不，祂不是好人。

祂為什麼讓Z的媽媽這麼地坐在這裡？她做了什麼？犯罪的是她的兒子，她能怎麼辦？為什麼讓兒子下地獄的同時，又譴責母親？

不，祂不是公正的。

我想點一支菸。

呃，我怎麼這麼糊塗！我把菸忘在家裡了！

我離開庭園去找賣菸的店。

在旁邊的小巷裡我找到一家。

這是一家小小的店鋪，由兩個年紀非常大的老人家在經營。等到老人家打開一個菸盒，數好十支菸，時間已經過去很久了。他們一直在互相擋路，但看來彼此非常相愛。老太太找回給我的錢少了，我微笑地提醒她。她嚇得不輕，一直說「上帝保佑！」我想，上帝如果真的在照顧妳，妳一出生就注定會幸福的。

她沒有零錢，所以過去對面的肉鋪換錢。

和老先生一起，我被留下，我便點上一支菸。

他問我，我是否也是參加審判中的一人，因為他店裡的客人，都是法庭那邊來的。

然後，連他也開始聊起這場謀殺審判。這個案件真的是很有意思，因為在其中上帝的手明顯可見。

我聽著。

「上帝的手？」

「是啊，」他說，「因為在這個案件中的每個人似乎都有罪，所以有的證人、那個中士、老師以及父母。」

「父母？」

「對。不是只有年輕人不再敬神，父母也一樣對上帝視而不見。」

我望向街道。

老婆婆正離開肉鋪，朝著角落的麵包店走去。

啊，肉鋪也找不開。

街道上空無一人，突然間我心中一個奇怪的念頭浮上來，再也揮不去：肉鋪的錢找不開，這一定有什麼意義，我想。它的意義是，我必須在這裡等待。

我看著這些灰色高大的房子，說：「如果我們知道上帝住在哪裡，就好了。」

「沒有忘記祂的人家，就是祂的家。」我聽到老先生的聲音這麼說。「祂也住在這裡，因為我們不曾吵過架。」

我屏住呼吸。

這是什麼？

這仍然是老先生的聲音嗎？

不，這不是他的聲音，這是另外一個人的聲音。

誰在和我說話？

我不想轉身。

那個聲音又開始說：

「你在證人席上提到我的名字時，別又不說出是你把小盒子弄壞的。」

小盒子！

不行！我若說的話，會因為沒有逮捕小偷而受到懲罰！

「你的確應該被懲罰！」

但是這樣我會被解僱，我就無法維生了。

「你的確應該被解僱，才不會再產生新的不公平。」

那我的父母呢？他們靠我奉養啊！

「我該讓你看看你童年的時候嗎？」

母親吵著，父親罵著，他們總是在吵架。不，祢不住在這裡。這裡祢只是路過，而且祢的來臨並不會帶來歡樂。

我想哭泣。

「說出來，」那個聲音說，「說出來，說弄壞小盒子的是你。幫我這個忙吧，別再折磨我了。」

指南針

審判繼續，現在輪到證人上席。

伐木工人、憲兵、法醫、中士都已經作完證。麵包師傅和他的夫人伊莉莎白也已經說完他們所知道的事，雖然他們什麼都不知道。

麵包師傅無法忍住不說出我對黑人一詞的看法。他嚴厲斥責我質疑「黑人不是人」的心態，法官不以為然地看著他，但不敢打斷。

現在Z的母親被傳上證人席。

法官向她解釋，說她可以選擇不作證，但是她打斷他的話，說她想作證。

她開始說話，但是不取下面紗。

她有一個令人覺得不舒服的聲音。

Z是一個安靜但脾氣暴躁的孩子，她說，這孩子從父親那裡繼承了這種暴躁的性格。他身體很健康，除了一般無害的兒童疾病，他不曾有什麼病痛。

家裡也沒有過精神疾病，無論是父親那一邊，還是母親這一邊。

突然，她打斷自己的敘述，問道：「法官先生，我可以問我兒子一個問題嗎？」

「請！」

她走到證物桌旁邊，拿起指南針，轉向她的兒子。

「你什麼時候有指南針了？」她問道，而且聽起來像是在嘲諷。「你從來都沒有指南針，我們在你去露營之前，還吵了一架，因為你說：大家都有指南針，只有我沒有，沒有指南針我會迷路的——所以這個指南針，你是從哪裡拿來的？」

Z瞪著她。

她勝利地轉身重新朝向法官：「這個不是他的指南針，而且謀殺應是掉了這個指南針的那個人所犯的！」

法庭裡議論紛紛，法官問Z：「你聽到你母親說什麼了嗎？」

Z的眼睛仍然緊盯著她。

「我聽到了，」他慢慢地說。「我媽媽說謊。」

辯護律師厲聲說：「我申請補充一份有公證力的被告人心理健康評估！」

法官表示，法庭稍後會考慮這個請求。

Z的母親盯住Z：「你說我在撒謊？」

「是的。」

「我沒有說謊！」她突然咆哮起來。「我沒有，我這輩子從來沒有撒過謊，說謊的總是你，一直都是這樣！我說的是實話，我只說實話。你只想保護那個骯髒的婊子，那個墮落的婊子！」

「她不是婊子！」

「住嘴！」他的母親尖聲大叫，變得越來越歇斯底里。「你心裡只想著那個該死的破瓦，卻從來沒考慮過你可憐的媽媽！」

「那個女孩比妳珍貴！」

「閉嘴！」法官憤憤不平地大喊，並且以侮辱證人的罪名判處Z兩天監禁的刑罰。「不可原諒，」他嚴厲地對Z說，「你居然如此對待你自己的母親！這讓我們看到事情更深的層面！」

Z現在失去了理智。

他從父親那裡繼承來的暴躁脾氣爆發。

「她根本沒有母親的樣子！」他喊道。「她從不照顧我，注意力只在她的僕人身上！自從我出生以來，我聽到的就是她噁心的聲音在廚房裡責罵女僕！」

「庭上，他總是站在女僕們那一邊！就像我丈夫一樣！」她短促地笑了笑。

「別笑，媽媽！」兒子對她厲聲說。「妳不記得泰珂拉（Thekla）了嗎?!」

「什麼泰珂拉?!」

「她才十五歲，而妳盡可能地折磨她！她到晚上十一點還要燙衣服，早上四點半就必須起床，而且她還得不到什麼東西吃！然後她離開了——記得嗎？」

「記得，她偷了我們的東西。」

「為了能夠離開我們家！我那時候才6歲，都還清楚地記得，爸爸回到家說那個可憐的女孩被抓，進了監獄！都是因為妳，都是妳的錯！」

「我?!」

「爸爸也是這麼說的！」

「爸爸，爸爸！他說的話多了！」

「爸爸從來不說謊！當年你們吵得很厲害，爸爸不在家睡覺，妳還記得嗎？像泰珂拉那樣，夏娃也是如此——一模一樣！不，媽媽，我不再愛妳了！」

法庭裡變得非常安靜。

然後法官說：「謝謝您，教授夫人！」

小盒子

現在輪到我了。
時間已經是五點一刻。
我宣誓擔任證人。
我向上帝發誓，我會憑著良心說真話，不會隱瞞任何事情。
是的，沒什麼好隱瞞的。
我在發誓的時候，大廳變得焦躁不安。
這是怎麼了？
我轉身看到夏娃。

她剛剛在證人席坐下，一個獄警押著她。

我想看一看她的眼睛，我的腦海裡掠過這個念頭。

在我說完所有的內情後，我會立即去看她的眼睛的。

但是現在我無暇顧及其他。

我必須背對她，因為十字架在我的前方。

上帝的兒子在我面前。

我斜眼看看Z。

他在微笑。

她是否也在微笑——在我身後？我回答法官的問題。他再次提到黑人——是的，我們彼此互相了解。我替N所作的證詞對他有利，為Z說的證詞也一樣對Z有好處。謀殺案發生時，我並不在場。法官正要讓我離開證人席時，我打斷他的話：「再說一件小事就好，庭上！」

「請說！」

「放著Z日記的那個小盒子不是N弄壞的。」

「不是N嗎？那是誰？」

「是我，是我用鐵絲撬開了小盒子。」

這句話一說出，後果不堪設想。

法官手中的鉛筆掉落，辯護律師跳了起來，Z目瞪口呆地看著我，他的母親痛哭失聲，麵包師傅臉色蒼白，緊緊地抓著自己的胸脯。

而夏娃呢？

我不知道。

我只感到身後有一股令人不安的焦慮。

大家在竊竊私語。

檢察官站了起來，好似被催眠了，非常緩慢地舉起手指向我。「是您?!」

他拉長聲音問。

「是的，」我說，並且對自己的平靜感到驚訝。

我感覺身心輕盈如羽翼。

然後開始述說一切。

我為什麼弄壞了小盒子，我為什麼沒有立刻向Z坦白。原因是因為我很慚愧，同時也因為我的怯懦。

我將一切述說出來。

我為什麼要讀日記，我為什麼沒有採取任何法律行動，因為我想確保他們的計畫不會成功，我想透過另外一種方式幫助他們。是的，我是愚蠢的！我注意到檢察官開始記筆記，但是我絲毫不介意。

一切的一切，所有的一切！

說吧！都說出來！

亞當和夏娃也說出來，以及陰暗的雲朵、月球上的人！都說出來！

當我說完時，檢察官站起來。

「我想請證人注意，他不應該對他作出的有趣證詞會引起的後果抱有任何幻想。檢察官保留以誤導當局和教唆盜竊罪名起訴的權利。」

「請便！」我微微欠身，「我發過誓，不隱瞞任何事情。」

麵包師傅大叫：「他要對我兒子負責，他有罪！」然後心臟病發作，必須被抬出去。他的妻子威脅地舉起手臂：「您會遭天譴！」她對我喊道，「上帝會處罰您的！」

不會的，我不再害怕上帝了。

我感覺到周遭對我的輕蔑，只有一雙眼睛不憎恨我。

這雙眼睛看著我。

眼光猶如我家鄉森林中黝黑的湖泊。

夏娃，妳，已經成為秋天了嗎？

被逐出伊甸園

夏娃沒有被引導宣誓。

「妳知道這是什麼嗎？」法官舉起指南針問她。

「知道，」她說，「指示方向用的。」

「妳知道這是誰的嗎？」

「不是我的，但我可以想像會是誰的。」

「不要說謊！」

「我沒有說謊。我現在想說實話，像老師一樣。」

像我一樣？

檢察官諷刺地笑。

辯護律師不讓她離開他的視線。

「請開始吧！」法官說。

夏娃開始敘述：

「當我在我們的洞穴附近遇到Z時，N也過來了。」

「所以妳也在場？」

「是的。」

「那妳為什麼現在才說？為什麼在整個調查過程中，妳都謊稱當Z打死N的時候，妳不在場?!」

「因為打死N的人不是Z。」

「不是Z?!那是誰？」

氣氛極度地緊張，法庭裡所有的人上身都向前傾，注意力都在女孩身上，但是女孩沒有因此而害怕。

Z的臉色變得非常蒼白。

接著夏娃開始說：「Z和N打得很激烈，N比Z強壯，他把Z推下懸崖。我心想，這下Z完蛋了！我整個人氣瘋了！而且我想，他看過日記，知道我的存在——我就拿起一塊石頭，對，就是這塊，跑去追他。我想把石頭砸在他頭上，沒錯，我想。但是，突然間一個陌生的少年從灌木叢裡出來，把石頭搶走，跟在N後面追去。我看到他追上N，兩個人在說話。他們的位置剛好有強光照耀。那個少年手中仍握著石頭。我躲起來，因為我怕他們兩個會回來找我。但是他們沒有回頭，而是朝另一個方向去，N走在前面兩步。突然那個陌生男孩把石頭舉高，從後面擊打N的頭，N倒下以後就不動了。那個陌生男孩蹲下察看，然後拖著N走到一個溝渠裡，他不知道我一切都看在眼裡。我跑回懸崖那邊，在那裡遇到Z。他雖然從懸崖上跌落，但是沒有受傷，只是衣服撕破了，手上有些擦傷——」

辯護律師是第一個說得出話來的人：「我申請撤銷對Z的控告——」

「等一下，律師先生，」法官打斷他的話，轉向仍然出神地瞪著女孩的Z。

「她說的是真的嗎？」

「是的。」Z輕輕點頭。

「你也看到這個陌生的男孩殺了N？」

「不，我沒看到。」

「可不是嗎！」公訴人鬆了口氣，滿意地往後靠了靠。

「他只看到我舉起石頭追著N跑，」夏娃說。

「所以是妳殺了他，」辯護律師斷言說。

但女孩不受激，依舊平靜。

「不是我。」她甚至微笑了。

「這個問題我們等一下再討論。」法官說，「我現在想要知道，你們為什麼保持沉默到現在，如果你們都是無辜的。請說。」

兩個人都一言不發。

然後女孩再次開口。

「Z把罪都攬到自己身上，因為他以為是我殺了N。他不相信是別人殺的，他不相信不是我殺的。」

「那我們就該相信妳？」

她又微笑了。

「我不知道，但是事實就是這樣——」

「而妳會默默地看著無辜的他被判刑？」

「不是默默地，我已經哭了很多次，但是我真的很懼怕監獄——而且，而且我現在不是已經誠實地說出來了？他不是兇手。」

「為什麼到現在才說？」

「因為老師也說出了事實真相。」

「真是令人費解！」檢察官冷笑。

「如果老師沒有說出實話呢？」法官問。

「那我也會保持沉默。」

「我認為，」辯護律師諷刺地說，「妳愛Z，但不是真愛。」

大家大笑。

夏娃睜大眼睛看著辯護律師。

「是的，」她輕聲說，「我不愛他。」

Z跳了起來。

「我也從來就沒有愛過他，」她聲音大了一點點，低下了頭。

Z緩緩坐下，看著自己的右手。

他想保護她，她卻不愛他。

他想替她接受審判頂罪，但她從沒有愛過他。

事情就是這樣。

Z現在在想什麼？

他在想他已經成為過去的未來嗎？

想著當發明家？郵政飛機？

事情就是這樣——不久他就會開始憎恨夏娃了。

魚

「嗯，」法官繼續問夏娃，「所以妳拿著這塊石頭去追N？」

「是的。」

「妳想殺了他？」

「但是我沒有殺他！」

「妳沒有殺他，而是？」

「我已經說過了，一個陌生的男孩來了，他把我推倒，拿走我的石頭去追N。」

「這個陌生的男孩長什麼樣子？」

「一切都發生得很快，我沒有看清楚——」

「啊，偉大的未知人物！」檢察官諷刺地說。

「妳再見到他的話，認得出他來嗎？」法官毫不放鬆。

「也許。我只記得他有一雙晶圓的眼睛，像魚一樣。」

我似乎被鞭打了一下，跳起來大叫：「一條魚?!」

「您怎麼了？」法官詫異地問我。

每個人都被我嚇一跳，訝異的看著我。

是啊，我怎麼了？

我想到發光的骷髏頭。

冰冷的時代來臨，我聽到朱利歐·凱薩的聲音，魚的冰冷時代。人的靈魂會像魚的面容一樣無動於衷。

兩個亮亮的、圓圓的眼睛瞪著我看。裡面沒有靈光，也不明亮。

那是T，他站在沒有覆蓋的溝邊。

他也站在營地，無聲、自負、譏刺地微笑著。
他早就知道，弄壞那個小盒子的人是我嗎？
他也讀了那本日記嗎？
他是偷偷地跟在Z還是跟在N後面？
他的笑容莫名地僵硬。
我無法動彈。
法官又再問一次：「您怎麼了？」
我該說出我在懷疑T嗎？
沒有道理！
T為什麼要打死N？他根本毫無動機——
於是我說：「庭上，很抱歉，我只是有點緊張。」
「可以理解！」檢察官不懷好意地笑。
我離開法庭。

我知道，他們會宣判Z無罪，判那個女孩有罪。但是我也知道，一切都會回歸原來的秩序。

明天或後天，對我的調查就將展開。

因為誤導當局和教唆盜竊。

我將被停職。

我會失去我賴以維生的工作。

但是我已經不再感到痛苦。

未來我將以什麼來維生呢？

奇怪，我一點都不擔心。

我想起遇到朱利歐・凱薩的酒館，那裡東西不貴。

但是我不喝酒。

我回家，上床躺平。

我再也不畏懼我的房間了。祂現在也住進來了嗎？

他不上鉤

沒錯！晨報上已經刊載了審判結果！

Z只因誤導當局和教唆盜竊而被判處短期徒刑，但檢察官卻以預謀殺人起訴女孩。

新的審判將在三個月之後舉行。

那個墮落的女孩雖然堅持她是無辜的，法庭發言人寫道，但是在場顯然沒有人相信她的吶喊。一旦開始說謊，就會一直說下去，這是大家都知道的事實！就連被告Z在庭審結束時，她掙脫獄警衝向他，祈求他原諒她從來沒有愛過他，Z也沒有伸手回應！

啊，他已經恨她了！

現在她完全地孤單了。

她仍然在吶喊嗎？

請別喊了，我相信妳——

等著吧，我會把魚抓住的。

但是，怎麼抓呢？

我必須跟他談一談，愈快愈好！

跟早上的郵件一起，我收到了監管部門的來函：只要對我的調查仍在進行中，我就不被允許進入學校。我知道，我已經永遠不會被允許進入了，因為我會就這樣被定罪，不會酌情減輕的。

但是我不再在乎這件事！

為了不再聽到她的吶喊，我要去抓魚。

房東太太端來早餐，舉止拘謹。她在報紙上讀了我的證詞，森林在沙沙作響。記者寫道：「老師是小偷的幫手」——甚至另外有記者還寫，我是一個教唆殺人的兇手。

沒有人站在我這一邊。

這是屬於麵包師傅N的時代，假如昨晚魔鬼沒有來把他帶走的話！

中午，我站在不再被允許進入的學校附近等待放學。學生們終於離開了學校，還有一些同事也離開了。

他們看不到我。

現在T來了。

他獨自一人走出來，然後右轉。

我慢慢迎面走向他。

他看到我，嚇了一跳。

然後他微笑問候我。

「遇到你真是太好了，」我跟他搭話，「因為我有一些事情要和你討論。」

「好的。」他禮貌地鞠躬。

「可是街上太吵了，走吧，我們去蛋糕店，我請你吃冰淇淋！」

我們坐在店裡。

他這條魚點了草莓和檸檬冰淇淋。

他吃著冰淇淋。

我發現，即使他在吃東西，也仍然微笑著。

我用一句話突然地發起攻擊：「我想和你談談謀殺案的審判。」

他冷靜地繼續舀起冰淇淋吃著。

「好吃嗎？」

「好吃。」

我們互相沉默。

「告訴我，」我重新開始，「你覺得是那個女孩殺了N嗎？」

「是的。」

「所以你不相信是一個陌生的少年殺的？」

「不相信，這是她為了脫罪編出來的謊話。」

我們又再度沉默。

突然，他停下不舀冰淇淋了，而是狐疑地看著我：「老師，你找我到底想做什麼？」

「我想，」我看著他圓圓的眼睛，緩慢地說，「你可能會知道那個陌生的男孩是誰。」

「為什麼？」

我大起膽子撒謊：「因為我知道，你一直都在窺探。」

「沒錯，」他平靜地說，「我見過各式各樣的事情。」

現在他又微笑了。

他知道我弄壞了小盒子嗎？

我問他：「你看過日記了？」

他盯住我：「沒有。但是我看到你，老師，你偷偷從營地裡溜出去，我看到你看著Z和那個女孩——」

我感覺越來越冷。他在觀察著我。

「那時候您摸到的是我的臉，因為我站在您的身後，你嚇了很大一跳。但是我並不害怕，老師。」

他繼續平靜地舀他的冰淇淋。

我突然察覺到，他並沒有因為我的困惑而幸災樂禍。他只是有時候會狡猾地看著我，好像在記錄什麼。

有趣的是，我不得不聯想起獵人。

聯想起一個冷靜地對準目標的獵人，而且他只有在確定會擊中目標時，才會開槍。

一個打獵時沒有感覺、不帶情緒的獵人。

既然對打獵不感到興奮，為什麼還要打獵？為什麼，為什麼？

「你和N相處得如何？你喜歡他嗎？」

「喜歡啊，我們相處得很好。」

我現在多麼想問他：「你當時為什麼要殺他？為什麼？為什麼?!」

「老師，您這樣問我，」他突然說，「好像是我殺了N一樣，好像我就是那個陌生的男孩，雖然您知道，如果這個男孩真的存在，也沒有人知道他長什麼樣子。連那個女孩也只知道他有一雙魚的眼睛——」

那你的眼睛呢？我心想。

「——而且我沒有魚的眼睛，我的眼睛明亮得像小鹿的眼睛，我媽媽是這麼說，而且幾乎每個人都這麼認為。老師，你為什麼笑？比起我，你的眼睛更像魚眼——」

「我?!」

「您不知道您在學校裡有個綽號嗎？老師，您沒聽過您的綽號嗎？我們都叫您魚老師。」

他點頭，微笑地看著我。

「是的，老師，因為您總是面無表情。我們永遠不知道您在想什麼，或者您是否有什麼在乎的人、事或物。我們總是說，老師只是在旁觀，比如有人在街上被車撞了，他只會觀察被撞的人是怎麼倒到那裡去的，姿勢是如何。即使被撞的人快死了，他也毫無感覺——」

他突然停下來，好像察覺到他說溜了嘴，丟給我一個驚慌的眼神，但只是很短暫的一瞬間。

為什麼？

啊哈，你已經把鉤子吃進嘴裡了，但你又改變了主意。

你正要吃餌的時候，注意到了魚線。現在你又游回了你的海裡。

雖然你還沒有上鉤，但你已經暴露了自己。

等著吧，我會抓到你的！

他站起來說：「我現在必須回家了，晚飯在等著。如果我回去晚了，會被責罵的。」

他謝謝我請他吃冰淇淋，然後離開。

我看著他的背影，耳邊響起女孩的哭聲。

旗幟

當我第二天醒來的時候，我只知道，我做了很多夢，但是夢境裡具體是什麼，已經模糊了。這一天是一個星期五。

當天舉國在慶祝領袖（譯注：暗指希特勒）的生日。

城裡到處都是旗幟和橫幅。

森林裡灌木叢中尋找失蹤飛機的女孩們，想讓所有的黑人都死掉的男孩們，以及相信橫幅上所寫謊言的父母們，都在街上遊行。不相信這些的人們，也在隊伍中一起前進。沒有個性特徵的不同部門在白痴們的指揮下，踩著相同的步伐。

他們高聲歌唱，歌頌一隻小鳥在英雄的墳墓上啁啾，歌頌一個士兵在毒氣裡窒息，歌頌黑褐色的女孩們無怨言地吃家裡剩下的泥土，唱出並不存在的敵人。

低能和滿口謊言的人們就這樣讚美領袖的出生。就在我這麼想的時候，我滿意地注意到一面小旗也在我的窗外飄揚。

昨晚我已經把它掛出去了。

與罪犯和傻瓜打交道，就必須像罪犯一樣地思考和愚蠢地行事，否則他將完蛋。徹徹底底地完蛋。

他必須在自己的家掛起旗幟，即使他連家都沒有。

當有個性不再被容忍，凡事只能順從時，真理不再，謊言才是生存之道。謊言，所有罪惡的母親。

旗幟掛出去！

麵包總比死亡好！

正當我在想這些的時候，我突然記起：你到底在想什麼啊？你忘了嗎？你被教育當局暫停教職，你不再有任何責任義務。而且你還說出了把小盒子弄壞的事實。掛出旗幟吧！拍領袖的馬屁吧！在塵土中對骯污彎腰屈膝、盡情說謊吧！事實就是事實，你怎麼諂媚也不會改變這個事實！你的工作丟了！你失業了！

別忘了，你曾經跟更高的當局說過話！

你仍然住在祂的房子裡，但是樓層更高。

你住在另一層樓，另一套公寓。你難道沒有發現，你的房間變小了？甚至家具、櫥櫃、鏡子也變小了——你能夠正視鏡子裡的自己，鏡子仍然夠大——哈哈！你不過也只是一個想要領帶不會打歪的人類，但是你看看窗外！

所有的一切有多離譜！突然間偉大的統治者變得多麼渺小，富裕的平民多麼貧窮！多可笑！

旗幟褪色得有多嚴重！

橫幅上的字你還看得懂嗎？

看不懂。

廣播你聽得到嗎？

她也不再吶喊哭叫了。
她輕輕嗚咽啜泣。
卻掩蓋過所有的聲音。

五人中的一人

我在刷牙的時候，房東太太出現。

「外面有個學生想和你談談。」

「請等一下，我馬上就好！」

房東太太離開，我穿上睡袍。

一個學生？他找我做什麼？

我不自覺地想到T。

這套晨縷是我聖誕節時得到的禮物，我的父母送給我的。他們總是說：「沒有晨縷你怎麼生活！」

晨縷的顏色綠紫相間。

我的父母對顏色不敏感。

有人敲門。

「進來！」

學生開門進來，鞠躬。

我沒有馬上認出他——哦，對，這是B姓氏中的一個！

我有五個姓B的學生在班上，但是這個B是最不起眼的一個。他來做什麼？

他怎麼會沒有在外面跟著遊行？

「老師，」他開始說，「我考慮了很久，一直在想，這也許很重要——我覺得，我必須說出來。」

「什麼事？」

「我心裡很不安，是關於指南針。」

「指南針？」

「是的，我在報紙上讀到，死掉的N身邊發現一個指南針，這個指南針沒有人知道是誰的。」

「然後呢？」

「我知道那個指南針是誰掉的。」

「誰？」

「T。」

T？

我像觸了電一樣跳起來。

你又游過來了嗎？

你的頭是否正從黑暗的水中抬起，你看到網子了嗎？

他游啊游，游啊游。

「你怎麼知道，指南針是T的？」裝作一副不在乎的樣子，我問B。

「因為他到處在找那個指南針，對了，我們是睡在同一個帳篷的。」

「你不會是想說，T和謀殺案有關係？」

他一語不發，看著角落。

是的，他想說是。

「你相信T會做出這種事？」

他瞪大眼睛看著我，幾乎是驚訝。「誰都有可能啊！」

「謀殺？不是誰都做得出來吧！」

「為什麼不是？」

他沒有笑，也不是反問。

反而有些悲傷。

「但是T為什麼要把N殺死？有什麼原因嗎？完全沒有動機！」

「T總是說，N很笨。」

「一個人笨就要殺死他？這不能是動機吧！」

「當然這不是動機。但是，老師您知道嗎，T的求知慾非常嚇人，他什麼都想清楚的知道實際上是怎麼樣的。他曾經跟我說過，他想看看一個人是怎麼死去的。」

「什麼?!」

「是的，他想看過程是怎麼樣的，他也一直在幻想，他想看一個孩子是怎麼到這個世界上來的。」

我走到窗邊，一時說不出話來。外面遊行還在繼續，父母帶著孩子一起。我突然又想到，為什麼B這個時候在我這裡，而不是在行列裡。

「你怎麼沒有去參加遊行？」我問他。「遊行不是你的義務嗎？」

他笑笑說，「我請了病假。」

我們的眼光相遇。

意思是我們互相理解？

「我不會告發你的。」

「我知道。」他說。

你知道什麼？我心想。

「我不再喜歡跟著遊行了，被人呼來喊去我也不要再忍受，每個人都能對你大聲喝叫，就因為他們大你兩歲！然後還有無聊的演講，內容千篇一律，純粹的胡說八道！」

我不得不微笑。

「我希望你是班上唯一一個這樣想的人！」

「那就糟了！我們已經有四個人了！」

四個人？已經這麼多？

從什麼時候開始的？「你還記得嗎？老師，你那時候說黑人怎麼樣怎麼樣，就是我們去營地訓練之前的那個年初？那時候我們不是都簽了字，不要你教了——但我只是在壓力下才簽字的，因為你對黑人的看法當然是對的。然後我逐漸發現，還有另外三個同學也是這麼想的。」

「另外三個是誰？」

「這我不能說。我們的規章禁止我說出來。」

「規章？」

「對，我們組了一個讀書會，最近又有兩個人加入，但是他們不是學生。他們一個是銀行的學徒，一個是聽差的小伙子。」

「一個讀書會？」

「我們每一週都會聚一次，讀所有被禁的刊物。」

「哦！」

朱利歐・凱薩是怎麼說來著？

他們偷偷閱讀所有的刊物，但是只是為了能夠嘲笑它。

他們的理想是專蔑視，即將來臨的，是冰冷的時代。

我問B：

「然後你們聚在一起坐著，對一切嗤之以鼻，是嗎？」

「哦，才不是！我們嚴格禁止嗤笑，這是規章第三條！對一切抱著輕蔑態度的人已經夠多了，例如T。但是我們不是這樣的，我們聚在一起，然後討論我們所讀到的東西。」

「接著呢？」

「接著我們就聊，世界應該怎麼樣比較好。」

我的注意力被引起。應該怎麼樣比較好？

我看著B，想到Z。

他對法官說：「老師總是只說世界應該如何，從來不說世界實際上是什麼樣子。」

我眼前浮現T。

夏娃在法庭上怎麼說的？

「N倒下了。陌生的男孩彎下腰去看他，然後把他拖進溝裡。」

B之前說了什麼？

「T總是想知道，事情實際到底是怎麼樣的。」

為什麼？

只是為了能夠嘲笑一切？

是啊，冰冷的時代來了。

「老師，」我繼續聽著B的聲音，「我們可以安心地跟您說任何事，這也是為什麼我會到這裡來告訴您，我有懷疑的嫌犯，跟您討論，我們應該怎麼做。」

「為什麼是跟我？」

「昨天我們聚會時，在報紙上讀到您關於小盒子的證詞，大家都說您是我們唯一知道的、熱愛真理的成年人。」

讀書會介入

今天我和B一起去找負責這個案件的預審法官。他的辦公室昨天因為國定假日沒有開放。

我跟預審法官說明，B有可能知道那個掉落地上的指南針是誰的——但是他禮貌地打斷我的話，告訴我關於指南針的謎團已經解開。指南針是從我們營地附近村子的村長那裡偷的，小偷可能是那個女孩，不是她的話，也是她團夥中的一人。甚至可能是在更早的時候，偷指南針的那個人碰巧經過當時還不是犯罪現場的地方時掉的，畢竟犯罪現場就在強盜的洞穴附近。指南針現在已經不重要了。

於是我和B再次道別，B露出失望的表情。

指南針不重要了？我心想。

嗯，沒有這個指南針，B永遠不會來找我。

我察覺到，我的想法與以前不同了。

我期待一切都能互相連結。

一切卻都無足輕重。

我感覺到一種難以捉摸的規則——

在樓梯間裡，我們遇到辯護律師。

他很活潑地跟我打招呼。

「我早就想寫信感謝您。」他說，「因為您毫無隱瞞而且大無畏的證詞，才讓我有可能釐清這場悲劇！」

他還簡短地提起Z現在已經徹底地從迷戀中清醒，但是女孩因為歇斯底里地抽搐，現在躺在監獄醫院裡。

「可憐的小蟲！」他匆匆補上這麼一句感嘆，就又急急忙忙趕去釐清新的悲劇了！

我看著他的背影。

「那個女孩好可憐！」突然我聽見B的聲音。

「我也覺得！」

我們走下樓梯。

「我們必須幫助她才行。」B說。

「是啊。」我說著，腦中浮現她的眼睛。

還有我的故鄉森林中那沉靜的湖水。

她躺在醫院裡。

而即使是現在，白雲也從她的頭頂飄過，鑲著銀邊的白雲。

她對我點頭了嗎？在她說出真相之前？而T說什麼？他說她是兇手，她的說詞只不過是為自己脫罪的謊言——

我憎恨T。

我陡地停下。

「是真的嗎？」我問B，「你們真的給我取綽號，叫我魚老師？」

「才沒有！只有T這麼叫您。我們不是這樣叫您的！」

「那你們怎麼叫我？」

「您的綽號是：黑鬼。」

他大笑，我也跟著笑了。

我們繼續下樓梯。

突然間他又嚴肅起來。

「老師，」他說，「您不覺得殺人的是T嗎？就算指南針不是他的？」

我又停頓了。

我應該說什麼？

我該說：也許，可能——？

然而我說的是：「我也覺得兇手是他。」

B的眼睛亮起來。

「沒錯，兇手就是他。」他興奮地大聲說：「而且我們要把他抓住！」

「希望如此！」

「我會在我們的讀書會裡推動決議，我們的讀書會應該幫助這個女孩！根據第七條規章，我們的聚會不僅為的是讀書，而且還要用理解到的道理行事。」

我問他：「你們的首要宗旨是什麼？」

「真理和正義！」

他已經因為即將開始的行動激動不已。

讀書會將不分晝夜地監視T的每一個行動，他們每天都會向我匯報。

「好的。」我說，臉上不禁微笑。

我小時候也玩過印第安人遊戲（譯注：警察抓小偷的遊戲）。

但是現在的遊戲場域不是小時候的森林，而是真正的現實。

兩封信

第二天早上我收到了一封來自父母的信，內容充滿驚恐。我丟了飯碗讓他們不知所措，當我多餘地說出小盒子的事情時，是否完全沒有在為他們著想，沒有考慮他們。究竟是為什麼我要說出這件事？

有的，我有在為你們著想。即使是你們，我也考慮在內。

放心吧，我們不會餓死的！

「我們整晚都沒睡，」我媽媽寫道，「我們在想，你該怎麼辦。」

所以？我該怎麼辦？

「我們到底是做了什麼而得到這種報應？」我父親問道。

他是一個退休的工廠主任，而且我現在不得不想著上帝。

我認為祂仍然沒有住到他們家裡去，即使他們每個星期天都去教堂。

我坐下來給父母寫回信。

「親愛的爸爸媽媽！別擔心，上帝會幫忙的——」

我停下筆。為什麼上帝要幫忙？

他們知道我不信上帝，現在他們一定想：看，現在他信裡提到上帝，因為他遇到困難了！

正好就是這個不能被誤解！

不行，我感到羞恥——

我把信撕毀。

是的，我仍然有自尊！

我整天都想要給父母寫信。

但是我做不到。

我一再地重新開始，但是我就是無法在信裡寫下上帝這個詞。

天色變暗了，我突然間又開始害怕我自己的房間。

房間裡空無一物。

我走出門。

去看電影？

不想。

我上酒吧，不貴的酒吧。

在酒吧裡我遇見朱利歐・凱薩，他是那裡的常客。他見到我，真的發自內心的高興。

「您說出小盒子的事證明您是正直的，品格非常高尚！是我的話，我不會說的！佩服！佩服！」

我們一邊喝酒，一邊聊審判過程。

我跟他說魚的事——

他非常認真的聽。

「魚當然就是那一條，」他說。然後他笑著說：「如果我能幫忙抓住那條魚的話，我很樂意聽您差遣，畢竟我也是有些人脈的——」

沒錯，他的確人脈很廣。

我們的談話一再被打斷，我看著凱薩大帝恭敬地被招呼，許多人來找他尋求建議，因為他是一個知識淵博、有智慧的人。

都是雜草。

凱薩萬歲，那些即將死去的人向您致敬！（Ave Caesar, morituri te salutant!）而我內心對墮落的渴望突然間被喚醒。我多想也有一個骷髏頭領針，可以照亮別人的那種！

「小心您的皮夾！」凱薩朝我叫道。

「皮夾要從口袋裡掉出來了！」

哦，原來是在說皮夾，不是信（譯注：德文的信和皮夾都是同一字Brief）！

凱薩正在跟一個小姐解釋公共道德的新法律規章。我想起了夏娃。

當她和這個小姐一樣年紀時，會是什麼樣子？誰能幫助她？

我坐到另一張桌子，給父母寫信。

「別擔心，上帝會幫助我們的！」

這封信我沒有再撕毀。

難道只是因為喝了酒，我才寫成功？

無所謂！

秋天

第二天房東太太遞給我一個信封，一個跑腿的男孩送來的。

信封是藍色的，我打開時不禁微笑。

信封上標題寫著：

「第一次報告」

接著是：「沒有什麼特別值得注意的地方！」

嗯嗯，原來是讀書會！

挺身為真理和正義而戰，卻察覺不出有什麼特別的地方！

我也沒有發現什麼奇怪的地方。

到底應該做什麼，才能讓她不被定罪？我時常想起她——

我愛上那個女孩了嗎？

我不知道。

我只知道，我想幫助她——

我有很多女人，畢竟我不是聖人，而女人也不是。

但是現在的我愛情的本質改變了。

我不再年輕了嗎？

是因為年紀嗎？

胡說八道！現在明明還是夏天。

之後我每天都收到一個藍色信封：讀書會第二、第三、第四、第五次報告。

沒有什麼特別之處。

日子一天天過去——

蘋果漸漸熟透，而且夜裡開始起霧。

野放的牛回到農莊，田地變得光禿禿——
是啊，現在仍是夏天，但是我們已經準備迎接降雪。
我想幫助她，讓她不要受凍。
我想要買大衣、鞋子和換洗衣物給她。
她不必在我面前脫下換上——
我只是想知道，我們是否準備好了迎接風雪的襲擊。
一切都還是翠綠的，我們還有時間。
只要她過得好，她不必一定要在我身邊。

訪客

今天早上有訪客來找我。我沒有馬上認出訪客原來是我曾經跟他討論過理想人類的那個神父。

他踏進房間，穿的是便衣，深灰色的褲子和藍色上衣。

我有些驚訝，他是離開教會出走了嗎？

「您覺得奇怪，」他微笑說，「因為我穿著便衣。我大部分時間都穿著便服，我現在處於特殊狀態，簡單來說：我的刑罰已經結束，但是我們還是來談談您吧！我在報紙上看到了您勇敢的證詞，要不是我必須先花點時間問到您的地址，不然的話我會早點來的。順便說一句：您改變了很多，我不知道為什麼，但是在您身上某些東西有些改變。沒錯，您看起來開朗很多！」

「開朗？」

「是啊，您可以慶幸您說出那個小盒子的真相，即使現在有一半的世界都在誹謗您。我經常想起您，雖然也或者是因為您當時告訴我，您不信上帝。從那時候到現在，您一定也已經開始對上帝有了不同的看法。」

他要做什麼？我心想，並且不信任地看著他。

「我有重要的事情要告訴您，但首先，請您回答我兩個問題。第一個問題：您應該很清楚，即使檢方撤銷對您的起訴，您也不能再在這個國家的任何學校裡任教了？」

「是的，我在作證之前，已經很清楚這件事。」

「我很高興聽到您這麼說！其次，您現在想靠什麼過活？我覺得您沒有任何鋸木工廠的股份，因為您當時激烈地袒護做家庭手工的工人。還記得窗裡的孩子們嗎？」

啊，窗裡的孩子們！我幾乎都忘了他們！
還有不再運作的鋸木工廠。
這些都是多久以前的事了！
然後我說：「我沒有什麼路可以走，而且我還必須扶養父母。」
他意味深長地看著我，停頓一會兒後說：「我有一個職位可以提供給您。」
「什麼？一個職位?!」
「是的，但是在另一個國家。」
「在哪裡？」
「在非洲。」
「在黑人那邊？」我想起來，我的綽號叫做黑鬼，不禁笑出來。
他仍然一副嚴肅的樣子。
「您為什麼覺得這很有趣？黑人和我們一樣也只不過是人！」
這還用您說？我想這樣回他，但是我沒有說出這種話，而只是聽他說著他的建議：我可以當老師，而且是在一個傳教學校。

「我必須加入某個教會嗎？」

「不是必須。」

我考慮著。今天我相信了上帝，但是我不相信白人會考慮黑人的幸福，因為白人介紹給黑人的上帝是不正當的上帝。

我把我的想法告訴他。

他沒有生氣。

「這完全取決於您自身，您是否濫用福音來傳達不正當的想法，利用傳福音做骯髒的事。」

我耳朵豎起，傳福音？

「每個人都在傳達上帝。」他說。

對！

我有一條魚要抓。

我告訴牧師我會去非洲，但是必須是在我能解救那個女孩之後。

他凝神聽我細說。

然後他說：

「如果您相信您認為，那個陌生的男孩是兇手，那麼您必須告訴他的媽媽這件事。媽媽必須知道所有的一切。請即刻去找她！」

終站

我坐車去T的母親家。

地址是學校的搬運工給我的，他的態度很彆扭，因為我不准進入學校。

而我也不必再踏進那裡了，我將去非洲。現在我坐在電車裡，我必須坐到終點站。

美麗的房子逐漸在視野中消失，取而代之的是醜陋的房子。電車穿過貧窮的街區，到達豪華的別墅區。

「終點站！」車長喊道。「所有的人請下車！」我是唯一的乘客。

這裡的空氣比我所居住的地方明顯好很多。

二十三號在哪裡？

這裡所有的花園都維護得很好，沒有人在花園裡擺放侏儒陶俑、臥著的小鹿雕像，也沒有蘑菇擺飾。

我終於找到二十三號。

大門很高，因為花園很大，所以看不到房子。

我按了電鈴後，靜靜等待。

門房出現，是一位老先生。他不馬上打開鐵門。

「請問您有什麼事？」

「我想和T太太談一談。」

「談什麼？」

「我是她兒子的老師。」

他打開鐵門。

我們穿過庭園。

在一棵蒼綠的杉樹後面我終於看到房子，它幾乎是一座宮殿。

一個僕人已經在等我們了，門房把我交給僕人：「這位先生想和夫人說話，他是少爺的老師。」僕人微微欠身。

「很遺憾，這可能有點困難，」他禮貌地說，「因為夫人剛好有客人來訪。」

「但是我有一件非常重要的事情必須和她談，很緊急！」

「您不能現在登記，明天來嗎？」

「不行。我要談的是她兒子的事。」

他微笑，手稍稍一揮表示不屑。「夫人也常常沒有時間處理兒子的事，即使是少爺想見夫人，通常也必須先預約時間。」

「聽著，」我嚴厲地瞪著他說，「馬上通報我的來訪，否則後果由您負責！」

他愣住，目瞪口呆地盯著我一會兒，然後又微微鞠躬說：「好，我們試試看吧。請這邊走！不好意思，我走前面帶路！」

我進屋了。

我們穿過一個華麗的房間，然後爬上一段樓梯到二樓。

一位女士從樓梯上下來，僕人向她打招呼，她對他微笑。

也對我微笑。

我知道我見過她。

但是她是誰？

我們繼續上樓。

「那是電影明星ＸＸＸ。」僕人對我耳語。

哦，是的，對！

前不久我才見過她。見到她時，她是女工，嫁給一個廠長。

她是領袖的女朋友。

詩與真理！

「她是一個了不起的藝術家。」僕人說。而現在，我們終於到了二樓。

有一扇門是開著的，我聽到女人的笑聲。她們一定在第三個房間裡，我想。

她們在喝茶。

僕人領我到左邊的一間小沙龍，請我坐下，要是一有合適的機會，他就會來通報我。

然後他關上門，讓我一個人在裡面等。現在還是下午，並不到傍晚，但是白天越來越短了。

牆上掛著舊版畫。一幅畫裡畫的是宙斯和河神女兒喬（Jupiter und Jo）的愛情，一幅是愛神丘比特和賽姬（Amor und Psyche）。以及瑪麗・安東妮（Marie Antoinette，法國皇后）的肖像。

沙龍是粉紅色的，裝飾著很多金色圖案。

我坐在椅子上，看著桌子周圍的椅子。你們幾歲了？快兩百了吧。

都有誰曾經坐過這些椅子？

那些說「明天我們去瑪麗・安東妮家喝茶」的人。

那些說「明天我們去看瑪麗・安東妮上斷頭台」的人。

夏娃現在在哪裡？

希望還在醫院裡，那裡她至少有一張床。

希望她還生著病。

我走到窗邊，向外看出去。

蒼綠的杉樹愈發蓊鬱，因為天色漸漸暗下來了。

我在等待。

終於門漸漸開了。

我轉過身，以為進來的是T的母親。

她長什麼樣子呢？

我吃一驚。

站在我面前的，不是T的母親，而是T。

T本人。

他禮貌地打招呼並說：

「老師，我媽媽聽說您來了，就派人來找我。很遺憾地，她沒有時間見您。」

「這樣？那她什麼時候有空？」

他疲倦地聳聳肩：「這我不知道。她從來就沒有時間。」

我觀察著這尾魚。

他的母親沒有時間。她有什麼必須做的事？

她只為自己著想。

而我想著神父，以及人類的理想。

是真的嗎，富有的人總是勝利？

酒不是會變成水嗎？

我對T說：「如果你母親一直都沒有空，那我可以跟你父親聊一聊嗎？」

「我爸？他從來不在家！他總是在外面忙碌，我很少見到他。他可是大財團的領導。」

大財團？

我眼前浮起鋸木廠，不再鋸木的鋸木廠。

窗戶裡坐著的孩子們，在幫玩偶上色的孩子們。

他們不開燈，因為沒有燈。

而上帝走過所有的巷弄。

祂見過這些孩子們，知道鋸木廠的事。

然後祂來了。

祂站在高聳大門的外面。

老門房不讓祂進來。

「您有事嗎？」

「我想見孩子的父母。」

「見孩子的父母說什麼事？」

「他們已經知道我要說的。」

是的，他們知道祂要說什麼，但是他們並不想見祂。
「您找我爸爸媽媽到底要做什麼？」我突然聽見T的聲音。
我看著他。
他現在要嘲笑我了，我想。
但是他不笑了。
他只是看著我。
他知道，他要被抓住了嗎？
他的眼睛突然閃了一下。
驚恐的微光。
我說：「我想跟你的父母聊聊你的事，但是很可惜他們沒有時間。」
「聊我的事？」
他笑。
空洞的笑。

好奇猶如一個白痴一般地傻站在那裡。
現在他似乎在傾聽著什麼。
是什麼圍繞著他飛來飛去？
他聽到什麼？
愚鈍的翅膀？
我匆匆離開了。

誘餌

家裡又已經躺著一封藍色的信。啊，讀書會的孩子們！

他們一定又沒有發現什麼特別的，我打開信封開始讀：

「讀書會第八次報告。昨天下午T在克林斯塔戲院看電影。當他離開時，他和一個很優雅的女士講話，這位女士一定是他在戲院裡遇見的。他和女士便一起走去Y街67號。半個小時之後，他們又一起出現在門口，T跟她道別後，便回家了。那位女士看著他的背影，做個鬼臉，誇張地吐了口唾沫。她有可能不是女士。她的身材高大，金髮碧眼，穿著一件深綠色的外套，戴著一頂紅色的帽子。剩下的沒有什麼特別值得注意的。」

我不禁微笑。

啊，T開始風流了。但是，我對這不感興趣。為什麼她會做鬼臉？

當然她不是一位女士，但是她為什麼要這麼誇張地吐口水？

我去找她問問。

現在我要跟蹤一切線索，不管線索再小、再荒唐，都要去追。

如果他不上鉤，我們就必須換成撒網捕抓，用一張網眼非常纖細的網，叫他無法逃脫。

我去到Y街67號，問女門房有沒有一個金髮的女人住在裡面。

她馬上告訴我：「芮麗（Nelly）小姐住在17號房。」

在這棟房子裡住著小市民、平庸的人以及一個芮麗小姐。

我按下17號房間的門鈴。一個金髮的女人開門，說：「哈囉，快進來吧！」

我不認識她。

在前廳掛著深綠色的大衣，桌子上有紅色的帽子。是她，沒錯。

她很快就會生氣，因為我只是來問問題的。而我若許諾她酬金，讓她回答我的問題，她雖然不會氣憤，卻會起疑心。不，我不是警察，我試著安撫她，我只不過想知道，為什麼她昨天朝著一個少年的背後吐口水。

「先給錢。」她回答。

我把錢給她。

她在沙發上坐下，調整到一個舒適的姿勢，拿出菸來請我抽。

我們一起抽菸。

「我不太想說。」她說。

她更沉默了。

突然間她開始敘述：「為什麼我吐口水，這很容易可以說完，就是噁心！令人作嘔！」她發抖。

「為什麼？」

「您想想看，他居然邊做邊笑。」

「笑？」

「我先是覺得不寒而慄，然後我憤怒到打他耳光！但是他馬上跑到鏡子前看，說：沒有變紅！他總是在觀察，一直在觀察！如果我能自己作主的話，我再也不會碰這個傢伙，但不幸的是，我不得不再次接見他。」

「再次？誰強迫您見他？」

「我才不會讓人強迫，芮麗不可能被強迫的！但是我必須再次接見那個噁心的人，是因為我自願在幫一個人的忙——而且我甚至還必須假裝愛上他！」

「你是在幫某個人的忙？」

「是的，因為這個人對我有很大的恩惠。」

「他是誰？」

「這我不能說！芮麗不說！他是一個陌生的先生。」

「可是這位陌生的先生想做什麼？」

她睜著大眼看了我一會兒，然後緩慢地說：

「他想釣一條魚。」

我跳起來尖叫：「什麼？一條魚？」她嚇一大跳。

「您怎麼了？」她問道，並且快速地把她的菸按熄。「不——不了，現在芮麗一句話都不再說了！我覺得您瘋了！走吧！您走吧！再見！」

我跌跌撞撞地離開，腦子裡轉不過來。

誰在釣這條魚？

發生了什麼事？

這位陌生的先生是誰？

在網中

我回到家時，房東太太憂慮地迎接我。「來了一位陌生的先生，」她說，「他等您已經等了半個小時了。我很害怕，因為這位先生有些怪怪的。他坐在沙龍裡。」

陌生的先生？

我走進沙龍。

現在是晚上，而他坐在黑暗中。

我開燈。

啊，凱薩大帝！

「您終於回來了！」他說著，還把他的骷髏頭點亮。
「現在把您的耳朵豎起來，同事！」
「到底什麼事？」
「我抓到魚了。」
「什麼?!」
「沒錯，他已經在誘餌周圍游來游去了，而且游得越來越近——今晚他會上鉤！來吧！我們必須盡快趕到那裡，機關已經設在那裡，是時候了！」
「什麼樣的機關？」
「我會跟您解釋一切的！」
我們飛快地動身。
「去哪裡？」
「去百合那裡！」
「百合是哪裡？」

「我該怎麼說呢，孩子，百合是一個放映低俗電影的地方！」

他走得很快，而且開始下雨。

「下雨好，」他說，「下雨時，他們更容易上鉤。」

「聽著，」我對著他大叫：「您有什麼計畫！」

「我們一坐下，我就告訴您！快點，我們要淋濕了！」

「可是，您要抓那條魚，卻不告訴我，您是怎麼想的？」

「我想給您一個驚喜，請別掃我的興！」他突然站住，雖然大雨滂沱，雖然他很匆忙。

他怪異地看著我，然後緩緩地說：「您問我，」我感覺他似乎在強調每個字，「您問我，我為什麼要抓那條魚？您不是跟我說了事情經過，幾天以前——您不記得了？然後您坐到別桌去，我突然感覺到，您因為那個女孩有多麼悲傷。我那時就有個直覺，我必須要幫助您。您記得您坐在另一張桌子那裡嗎——我想，您那時在寫一封信。」

一封信?!

哦，對！給我父母的那一封信！

當我終於接受「上帝終將幫助我們」時——我突然步履艱難。

「您怎麼了？怎麼臉色變這麼蒼白？」我聽到朱利歐・凱薩的聲音在問我。

「沒事，我沒什麼！」

也許！

「來一杯就什麼事都沒了！」

雨還在下，天水愈來愈多。

我打個冷顫。

有那麼一瞬間，我看到大網迎面撒來。

N

天色這麼昏暗，巷弄完全漆黑一片，我們幾乎無法找到百合。

進去之後，裡面不比外面亮多少。

但是暖和多了，而且裡面至少沒有漏雨。

「小姐們都到齊了。」老闆娘招呼我們進去，手指第三個包廂。

「太好了！」朱利歐・凱薩說，他轉身對我說：「這些小姐就是我的誘餌，也就是蚯蚓，某種意義下。」

第三個包廂裡坐著芮麗小姐和一個圓胖的女服務生。

芮麗馬上認出我，但是出於習慣她什麼都沒有說。

她只是帶著些許怒氣地微笑。
凱薩解除大家的疑惑。
「魚在哪？」他急急地問。
「他沒有出現。」圓胖的那個說。聲音的音調聽起來單一而悲傷。
「他放了我們鴿子。」芮麗甜甜的微笑。
「她在戲院前等了兩個小時。」胖的那個覺得已經沒有希望地點點頭。
「兩個半。」芮麗訂正她的說法，而且突然間不再微笑。「我很慶幸那個噁心的人沒有來。」
「哦，好吧。」凱撒道，並把我介紹給女士們：「我以前的同事。」
胖子打量我，芮麗小姐則像視若無睹，調整著她的胸罩。
我們落坐。
烈酒很烈，我們暖和起來。
我們是店裡唯一的客人。

老闆娘戴上眼鏡看報。她彎腰靠在吧台上，兩手撐著頭像摀著耳朵。她什麼都不知道，也什麼都不想知道。為什麼這兩個小姐是讓魚吃的蚯蚓呢？

「這裡到底在計畫什麼？」我問凱薩。他靠近我：「我其實並不想事先讓您知道，尊敬的同事，因為這是，也將會一直是一個粗鄙的故事，您不應該與這件事有任何關係；但是我後來想，如果我們有另一個人證，也不會有什麼壞處。我們這三個人——這兩位女士和我——想要重現犯罪過程。」

「重現犯罪過程？」

「某種意義下。」

「為什麼?!」

「我們想讓那條魚再謀殺一次。」

「再一次?!」

「沒錯，根據一個屢試不爽的巧妙計劃，也就是——我想在一張床上重建整個事件。」

「在床上?!」

「聽好了，同事，」他向我點頭，也點亮身上的骷髏頭，「芮麗小姐要在戲院前等那條魚，因為他以為她愛上他了。」

他大笑。

但是芮麗小姐並沒有跟著一起笑。她做了個鬼臉，而且還吐了口水。

「吐在這裡，不要亂吐！」胖小姐笑著說。

「亂吐口水是當局明訂違法的行為！」

「當局個屁！」芮麗開始要長篇大論。

「什麼都可以，就是不要談政治！」凱薩急忙打斷她的話，再次轉向我：

「在這個包廂裡，我們的魚按照計畫將被灌酒，直到他不能再游為止，如此一來我們徒手都能將他抓住——然後這兩位女士會陪著他打開紙糊的門進房間。從這裡開始就可以按照計畫合乎邏輯地展開以下的發展：

魚會睡著。

芮麗躺在地板上，胖女孩用床單罩住她，就像她是一具屍體一樣。

接著我親愛的胖女孩就會撲到熟睡的魚身上放聲高叫：『你做了什麼好事?!哎呀，怎麼會這樣?!』

我便走進房間說：『警察！』然後直截了當地告訴他，他在酒醉中殺死了芮麗，就像他之前對別人所做的一樣——我們會大鬧一場，我也會搧他幾個耳光——我打賭，同事，他會露出馬腳的！他只要說溜嘴，即使只是一句，我都會讓他生不如死，我會的！」

我不禁微笑。

他瞪著我，幾乎要生氣了。

「您是對的，」他說，「謀事在人，成事在天——當我們生氣魚怎麼還不上鉤時，也許牠已經在網裡掙扎了。」

我一驚，在網裡?!

「您儘管笑吧，」我聽著凱薩說：「您老是只想著那個無辜的女孩，但是我想的是那個被殺的男孩！」

我的注意力被吸引。

那個死去的孩子？

哦，N——我幾乎把他完全遺忘了。

我想著所有的人，所有的每一個人——甚至有時會想到他的父母，雖然不是對他們有什麼好感——但是我卻從來沒有想到他，從來沒有，我再也記不起他。

是啊，N！

被謀殺，用一塊石頭。

不再存在的N。

鬼魂

我離開百合。

我匆匆忙忙地回家，N不再存在的想法緊抓著我，讓我片刻不得安寧。

它陪著我進到我的房間，躺到我的床上。

我必須睡覺！

我要睡覺！

但是，我睡不著——

我一再地聽到N說：「您都忘記了，老師，您也是謀殺我的共犯。是誰把小盒子弄壞的——是我還是您？當初我有沒有去求您：老師，請您幫幫我，我沒有把小盒子弄壞——但是您偏偏要阻撓事態的自然發展——我知道，我知道，事情過去了，太遲了！」

是啊，太遲了。

時間走遠，傷口停留。

時間分分秒秒掠過我身邊，走得愈來愈快——

不久，死亡就要來臨。

「老師，」我又聽到N的聲音：「您記得去年冬天的歷史課嗎？我們在講中世紀，您說劊子手在行刑之前，總是請求罪犯的寬恕，請罪犯原諒劊子手現在必須給他的巨大傷害，因為罪孽只能以罪孽相贖。」

只能以罪孽相贖？

而我是劊子手？

我必須向T請求原諒嗎？

我無法擺脫這些想法。

我起床——

「要去哪裡？」

「最好的辦法就是離開，離得愈遠愈好——」

「站住！」

站在我面前的是N。

他擋住我的去路。

我不想再聽他說話了！

他沒有眼睛，但是他卻緊盯著我不放。

我打開燈，看著燈罩。

燈罩上都是灰塵。

我反覆地一再想起T。

他正圍繞著誘餌游動——不是嗎？

N突然問道：

「為什麼您總是只考慮您自己？」

「我自己？」

「您心心念念就只想著那條魚。但是老師，那條魚和您，您們兩個，您是他、他是您，您們是一樣的。」

「一樣的?!」

「您想抓住他——不是嗎？」「是的，當然——但為什麼我和他是一樣的？」

「你忘了劊子手，老師——那個乞求兇手寬恕的劊子手。在一個罪孽被另一個罪孽贖抵的那個神秘時刻，劊子手與兇手合體成為同一個存在，兇手在某種意義上在劊子手身上復活——您明白我的意思嗎，老師？」

明白，我逐漸能夠理解了。

不，現在我不想再知道更多了！

我害怕嗎？

「您還是可以讓他繼續悠游的，」我聽到N的聲音。「您甚至已經開始為他感到難過。」

對啊，他的母親沒有時間陪他。

「您也應該想想我的母親，老師，尤其是想想我！即使您現在不是因為我而要抓住那條魚，而是因為那個女孩，因為那個您現在甚至也不再放在心上的女孩。」

我凝神傾聽。

他說得沒有錯，我不再想著她了。

從好幾個小時以來都不想了。

她看起來如何？

天氣愈來愈冷。

我幾乎不再想到她。

我根本不怎麼認識她。

當然，不消說，我見過她裸體，但是那是在月光下，而且雲朵遮蔽了大地。她的頭髮是什麼樣子？是棕色還是金色？

奇怪，我竟不知道。

我覺得很冷。

所有的一切都逐漸游離。

而在法庭上呢？

我只還記得，在她說出真相之前，如何朝我點點頭。就在那時我感覺到，我必須在她身邊幫助她。

N凝聽著。

「她對您點頭？」

「是。」

我想起她的眼睛。

「但是，老師，她沒有那樣的眼睛啊！她的眼睛小小的，有點壞壞的，很不安靜，總是瞄來瞄去，典型小偷的眼睛！」
「小偷的眼睛？」
「對！」
他突然變得異常嚴肅。
「老師，那雙看著您的眼睛不是那個女孩的眼睛，那是別人的眼睛。」
「別人的？」
「對。」

鹿

半夜我在房裡聽到鈴響。

誰在按鈴？

還是我聽錯了？

我沒聽錯，鈴又響了！

我從床上跳起來，穿上晨袍，匆匆走出房間。房東太太已經在外面了，睡眼惺忪、一臉困惑。

「到底誰來了？」她憂慮地問。

「誰？」我隔著大門向外問。

「刑警！」

「耶穌、瑪麗亞啊！」房東太太大吃一驚。

「您做了什麼事啊，老師！」

「我？我沒有啊！」

警察進屋，是兩個警探，他們指名找我。在，就是我本人。

「我們只需要向您問點事情。請馬上穿好衣服，跟我們走！」

「去哪裡？」

「等一下會告訴您！」

我急急地穿好衣服。發生什麼事了？

然後我坐進車裡。警探們仍然保持沉默。

我們要開車去哪裡？

漂亮的房子逐漸減少，醜陋的房子出現。車子經過貧民區，然後我們抵達優雅的別墅區。

我開始害怕。

「先生們，」我說，「到底發生了什麼事?!」

「等一下再說！」

這裡是終點站了，我們繼續前進。

哦，我現在知道旅途的方向了。

高聳的大門是開著的，我們開車經過，沒有人通報我們的到來。

大廳裡人很多。

我認出那個老門房，也認出帶我進粉紅色沙龍的那個僕人。一位高級警官坐在一張桌子旁，另外還有一個記錄的文員。

每個人都帶著詢問的眼神和敵意看著我。

我做了什麼壞事？

「請您再走近一點。」高級警官招呼我。

我走近一點。

他們要對我做什麼？

「我們想問您幾個問題。昨天下午您不是到這裡來想找女主人談話嗎？」他指指右邊。

我往那邊看過去。

那裡坐著一位女士，身上穿著長長的晚禮服，整齊優雅，啊，T的母親！

她充滿怨恨地看著我。

為什麼？

「請您回答！」我聽到高級警官說。

「是的，」我說，「我來找她，但是她沒有時間見我。」

「您找她要說什麼？」

我遲疑，現在說還有什麼意義！

不行，我不再撒謊了！

我剛剛才見過那張網。

「我只想跟這位太太說，」我慢慢敘述，「我對她的兒子有一些懷疑的地方。」

我無法繼續說下去，因為那位母親即刻暴怒。

「謊言！」她高聲尖叫，「謊話連篇！有罪的人只有他，就是他把我兒子逼死的！他，就是他！」

逼死？

「發生了什麼事？」我提高聲音。

「安靜！」高級警官加入干涉。

現在我才知道，原來魚游入網中了。他已經被拖上岸，不再掙扎，結束了！

當T的母親一個小時前回到家時，在梳妝台上發現一張紙條。「老師逼我去死。」紙條上有這樣的字眼。

母親跑上樓去T的房間，T不在房間裡。她火速叫醒整棟房子的人。大家找遍所有的角落，什麼都沒有找到。公園也被徹底搜尋過，大家叫著「T！」反覆地叫著「T！」沒有回答。

終於，他被發現了。在一條溝渠附近。

在那裡他上吊了。

T的母親看著我。

她沒有眼淚。

她哭不出來吧，我心想。

高級警官把紙條給我看。

是一張撕破的紙。

也許他寫了更多的東西，我突然想到。

我看著T的母親。

「就這個？沒了？」我問警探。

母親轉開頭。

「是的，這就是全部了。」警探說，「請您澄清您自己！」

T的母親是一個漂亮的女人。她的衣服後面的開口比前面深。她一定不曾經歷過，沒有飯吃是什麼滋味。

她的鞋子優雅，她的絲襪細緻柔軟近乎無物，但是她有一雙肥胖的腿。她的手帕很秀氣，上面是什麼香味呢？她的香水當然是昂貴的——

但是一個人往身上抹什麼香水並不代表什麼。

如果T的父親沒有財團，他的母親聞起來就只會像她自己。

她現在看著我，幾乎是輕蔑。

兩只明亮的圓眼睛——

T那時在蛋糕店裡是怎麼說的？

「但是老師，我沒有魚眼，我有的，是鹿的眼睛——我媽媽一直都是這麼說的。」

他有說她也擁有同樣的眼睛嗎？

我忘記了。
我盯住這個母親。
等著吧，妳這隻母鹿！
很快就要下雪了，妳會來接近人類找吃的。
但是我會把妳趕回去！
讓妳回到積雪數公尺高的森林。
在那裡妳會被冰霜困住——
妳會在冰冷中餓死。
看著我，現在是我說了算的時候了！

別人的眼睛

接著我開始敘述那個擊殺N的陌生男孩，述說T想親眼看著人的到來和離去，出生和死亡以及一切發生在之間的事，這些他都想一一地、仔細地觀察。所有的奧秘他都想探究，但是只是為了如此一來，他就能高於一切——高高在上地蔑視一切。他不懂瑟瑟發抖，因為他的恐懼只是因為怯懦。而他對事物真相的喜愛，不過是出於對真理的憎恨。

而當我敘說的時候，我突然覺得非常輕鬆，因為T不在了。

像T這樣的少年少了一個！

我高興嗎？

是！

是的，我很高興！

因為儘管我自己對犯罪的人有責任，但當一個有罪的人被毀滅時，還是一件暢快人心的事！我盡情地訴說一切原由。

「先生們，」我說，「有一家鋸木廠不再鋸木，停工了，而且還有孩子們坐在窗邊借天光給玩偶上色。」

「這跟我們有什麼關係？」高級警官問我。

T的母親看著窗外。

外面是晚上。

她似乎在傾聽——

她聽見什麼？

腳步聲？

大門是敞開的呀——

「試圖阻撓是沒有意義的，」我說，說的同時，我突然聽到了我自己的話語。

現在T的母親又盯著我看了。我聽到自己說：「您的兒子可能是我逼死的——」

我頓住——

T的母親為什麼在微笑？

她還繼續在微笑——

她瘋了嗎？

她開始笑出聲——聲音越來越響！

她精神崩潰了。

她又是尖叫又是嗚咽——

我只聽到「上帝」這個詞。

然後她大叫：「這沒有道理！」

大家嘗試安慰她。
她搥打自己，僕人扶住她。
「鋸的，在鋸的！」她反覆的低語——
什麼？
鋸木廠嗎？
她也看到了窗邊的孩子們？
那位先生是不是也出現了，祂不在乎您的時間安排，不在乎您是不是方便，夫人，因為祂走遍所有的道路，無論大街或是小巷——
她仍然在自己身上到處搥打。
然後從她身上掉出一張紙片——似乎有人故意打她的手讓紙片掉落。
警探把紙撿起來。
是一張皺巴巴的紙。
我們原來看到的紙條上寫著：「老師把我逼死了。」

而在被撿起來的紙上，T寫下了他被逼死的原因：「因為老師知道我用石頭殺了N——」

房間裡變得異常安靜。

T的母親似乎完全崩潰了。

她坐在那裡，一動不動。

突然間她又微笑了，還衝著我點頭。

這是怎麼了？

不，這明明不是她。

看著我的，不是她的眼睛。

這對眼睛沉靜黝黑如我故鄉森林裡的湖泊。

眼裡的悲傷似沒有光亮的童年。

上帝便是如此看進我們的深處，我突然有這個想法。曾經，我覺得祂有著陰險、尖銳的眼神。不、不、不是的！

因為上帝就是真理。

「說，是你把小盒子弄壞的。」我又聽到那個聲音。「幫幫我，別折磨我。」

T的母親現在慢慢走到警官面前，她開始說，輕聲地，但是堅定地說：「我不想讓自己丟臉，」她說，「但是當老師剛剛提到窗邊的孩子時，我就已經在想：啊，現在這一切都沒有意義了。」

在水之上

明天我將前往非洲。

我的桌上躺著一束花。這束花是我勇敢的房東太太為了告別，送給我的。

我的父母寫信來說，他們很高興我得到一個職位，並且也很悲傷，因為我必須越過海洋，離開他們離得這麼遠。

然後，還有一封信也來了，信封是藍色的。

「替我們問候黑鬼！讀書會」

昨天我去看了夏娃。

她很高興魚被抓住。神父向我保證，夏娃出獄後，他會照顧她。

是的，她的眼睛看起來像小偷。

檢察機關撤銷對我的控訴，而Z早就自由了。我收拾我的行李。

凱薩大帝把他的骷髏頭送給我，警告我別把遺失了！

行李收拾好了，什麼都沒忘！

什麼也別留下！

黑鬼要去找黑鬼了！

作者年表

Ödön von Horváth

1901	12月9日出生。 於當時為奧匈帝國的阜姆（Fiume），屬於匈牙利，現為克羅埃西亞（Kroatien）的里耶卡（Rijeka）。 父親為奧匈帝國外交官，母親為帝國軍醫家族，他是長子。
1919	在維也納完成高中學業。 進慕尼黑大學就讀。 研讀心理學、文學、戲劇學和藝術史學。
1920	開始寫作。 第一部作品《舞之書》（*Das buch der Tänze*）
1923	居住於柏林、薩爾茲堡等。

1929	退出天主教會。 作品《斯拉德克，黑色的國防軍》（*Sladek, der schwarze Reichswehrmann*）中警告法西斯的危險。
1930	《永遠的平庸者》（*Der ewige Spießer*）小說出版。
1931	劇作《義大利之夜》（*Italienische Nacht*）在柏林上演。同年以詩人身分頗具聲望。《維也納森林故事》完成。以所有作品獲克萊斯特獎（Kleist-Preis）。
1931	11月2日，至此時最成功的舞台作品《維也納森林故事》（*Geschichten aus dem Wiener Wald*）世界首演。
1932	《卡西米爾和卡羅琳》（*Kasimir und Karoline*）世界首演。

1933	希特勒掌權，父母家被搜索。 離開德國，流亡至維也納。 與猶太聲樂家瑪莉亞．艾爾斯納（Maria Elsner）結婚。 《信仰，愛與希望》（*Glaube Liebe Hoffnung*）出版。
1934	離婚。 回到德國。
1936	被驅逐出境、從國家作者會籍中除名。作品被禁。
1937	《沒有神在的青春》小說在阿姆斯特丹出版，大獲成功，改善財務狀況。此作品被翻譯成多國語言，隔年被列入德國禁書名單。
1938	《我們時代的一個孩子》（*Ein Kind unserer Zeit*）小說出版。 6月1日於巴黎死亡。

國家圖書館出版品預行編目(CIP)資料

沒有神在的青春：一個考驗良知的故事 / 奧登.馮.霍爾瓦特(Ödön von Horváth)；宋淑明譯. -- 初版. -- 新北市：遠足文化事業股份有限公司菓子文化出版：遠足文化事業股份有限公司發行, 2022.12
面； 公分. -- (Suchen)
譯自：Jugend ohne Gott
ISBN 978-626-96396-4-9(平裝)

882.257 111018838

菓子
Götz Books

《沒有神在的青春：一個考驗良知的故事》

Jugend ohne Gott

作　　者　奧登・馮・霍爾瓦特（Ödön von Horváth）
譯　　者　宋淑明
主　　編　邱靖絨
校　　對　楊蕙苓
排　　版　菩薩蠻電腦科技有限公司
封面設計　木木 lin

社　　長　郭重興
發 行 人　曾大福
出　　版　遠足文化事業股份有限公司　菓子文化
發　　行　遠足文化事業股份有限公司
地　　址　231 新北市新店區民權路 108 之 2 號 9 樓
電　　話　02-22181417
傳　　真　02-22181009
E m a i l　service@bookrep.com.tw
郵撥帳號　19504465 遠足文化事業股份有限公司
客服專線　0800221029
印　　刷　呈靖彩藝有限公司
定　　價　400 元

初　　版　2022 年 12 月
法律顧問　華陽國際專利商標事務所　蘇文生律師